CLAIRE CONNAN

Le corbeau des lavoirs

ÉDITIONS DU PALÉMON
ZI de Kernevez - 11 B rue Röntgen - 29 000 Quimper

Retrouvez tous nos ouvrages sur www.palemon.fr.

CE LIVRE EST UN ROMAN.
Toute ressemblance avec des personnes, des noms propres, des lieux privés, des noms de firmes, des situations existant ou ayant existé, ne saurait être que le fait du hasard.

Je tiens à remercier Yvon, mon époux,
et toute l'équipe des éditions du Palémon.

À Bertrand, mon beau-père

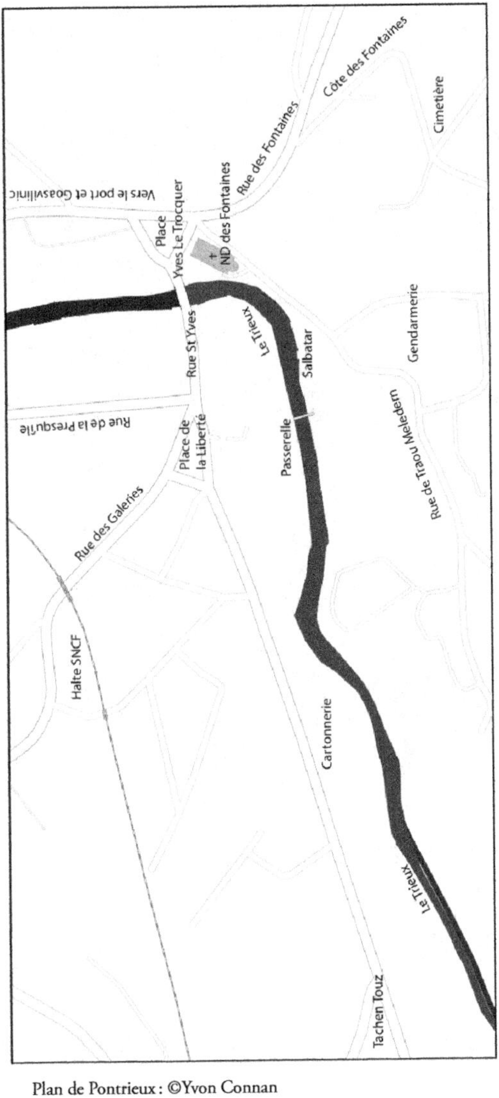

Plan de Pontrieux : ©Yvon Connan

Pontrieux, coin délicieux.
Il est un petit lieu coquet
Ceint de coteaux et de bruyères
Pays accueillant et discret
Sis au bord d'une jolie rivière
Modeste chef-lieu de canton
Tout blotti au cœur d'un vallon.
C'est Pontrieux
Coin délicieux
Aimable ville dont on garde
Avec plaisir
Le souvenir
Cité joyeuse où l'on s'attarde
C'est Pontrieux
Coin délicieux
C'est Pontrieux! C'est Pontrieux!
C'est Pontrieux!

Couplet et refrain de « *C'est Pontrieux* »
Paroles de Charles Brochen[1]
Musique d'un chant de corsaire ancien

---

1. Instituteur et directeur de l'école des garçons (primaire et cours complémentaire). Animateur de la Lyre pontrivienne, organisateur de fêtes et de pièces de théâtre, il composa de nombreux chants et poèmes appréciés de ses concitoyens. Son nom fut donné au nouveau collège de Pontrieux en 1980.
Yves Thomas, Pontrieux, petite cité du Trégor-Goëlo, *Éditions de la Plomée*

1

En ce troisième samedi de juillet 1978, le pardon de Notre-Dame-des-Fontaines de Pontrieux se trouva terni par une violente tempête accompagnée de trombes d'eau. L'office religieux du samedi soir touchait à sa fin, quand, soudain, la porte de l'église s'ouvrit avec fracas. Sous le porche, l'onde de choc ébranla la statue de la Vierge Marie sur son socle de granit, se propagea des derniers rangs jusqu'à l'autel et interrompit le cantique. Les choristes refoulèrent les notes bien tassées au creux de leur gosier. L'orgue poursuivit un instant sa mélodie et, privé de ses voix, se tut.

La silhouette d'un petit homme, pieds nus sur le dallage, se détacha sur fond noir poisseux du dehors. De dos, sans sa pertuisane[2] en laiton, son bicorne et sa veste bariolée or écarlate, on ne reconnut pas tout de suite Bonaventure Lagadec dans son

2. *Arme d'infanterie proche de la hallebarde, arme d'apparat à l'époque du récit.*

habit rouge et bleu de suisse[3] trempé. Il effectua un virage à 180° et resta lamentablement planté entre les parterres de fidèles. L'assemblée put à son aise considérer la masse informe, tête pendante, bras ballants, nombril à l'air, que, mains sous les aisselles, le bedeau traînait à grand-peine.

« Charles ! »

Le hurlement craqua le corset, franchit le transept, traversa la nef et précéda son auteur, la costaude cheffe de chœur Christine Carré-Kerizel, laquelle, poitrine débordante, s'affala sur le bedeau. Et l'on put considérer, exhibé à terre, le grotesque monticule : au-dessus, Christine Carré-Kerizel, en dessous, exsangue, dans son costume trois pièces ruisselant, le corps sans vie de son époux Charles, et encore en dessous, à court de souffle, Bonaventure Lagadec le bedeau.

— Place !

Alerté par les clameurs de la foule devant l'église, l'adjudant-chef Dupuy, suivi de quelques gendarmes mobilisés pour les festivités, s'engouffra dans l'édifice, képi à la main, fendit l'assemblée étonnamment silencieuse et interrompit la scène tragi-comique. Christine Carré-Kerizel, chignon en bataille, visage ravagé par les larmes et les coulures de maquillage, se redressa. Le suisse d'église se dégagea à grand-peine de son pesant fardeau.

Le chef Dupuy se dirigea vers le religieux appuyé contre l'autel et lui ordonna de mettre fin à la messe et de prier choristes, fidèles et curieux de rentrer chez eux. S'ensuivit une discussion très

3. *Ou bedeau. Celui qui, vêtu d'un uniforme spécial, coiffé d'un bicorne, armé de la hallebarde et de l'épée, est chargé de la garde d'une église et qui précède le clergé dans les processions, etc.*

animée observée de loin avec intérêt par le bedeau. Il semblait hors de question d'annuler le pardon de Notre-Dame-des-Fontaines. Apparemment, le curé doyen se montra très convaincant : un compromis fut décidé.

Dévoué à son rôle de grand serviteur de l'église, Bonaventure Lagadec récupéra sa veste que lui tendait un des gendarmes et, dressé entre les pilastres en haut des marches du lieu saint, annonça d'une voix solennelle à la foule rassemblée sous la pluie battante que la procession serait réduite à son strict minimum afin de ne pas perturber le travail des enquêteurs. Le corps du défunt fut promptement recouvert du dais initialement accroché à l'extérieur autour de la porte. Les adolescents, tenus à l'écart de la scène tragique, furent autorisés à s'approcher et à hisser sur leurs épaules les bateaux ex-voto[4] préparés sur les tréteaux dans les bas-côtés. Les marins soulevèrent la Vierge à l'Enfant.

Comme par miracle, la pluie s'arrêta et la procession se mit en route. Malgré son implication dans l'affaire, le suisse, pertuisane à la main, en prit la tête. Lanternes vénitiennes et guirlandes accrochées aux fenêtres, bougies et fleurs posées sur le sol devant chaque maison, chants « *Notre-Dame-des-Fontaines à vous nous avons recours, dans nos joies et dans nos peines, ah, secourez-nous toujours* » jalonnèrent, comme prévu, le parcours de la Sainte jusqu'au point de rassemblement où les fagots s'enflammèrent pour implorer le pardon de la Vierge et tenter de purifier le cœur des hommes.

---

4. Maquettes réalisées et offertes par les marins à la Vierge en remerciement de sa protection. Elles étaient exposées dans l'église et destinées aux processions.

Dans l'église désertée et aux alentours, les gendarmes firent leurs premières constatations et recherchèrent d'éventuels indices. Christine Carré-Kerizel fut charitablement raccompagnée chez elle par une amie de la chorale.

Investie de deux missions : appeler le procureur de la République de Saint-Brieuc et les pompiers pour conjurer l'inondation en cours autour de l'édifice et sur la place Le Trocquer, Muriel, toute nouvelle recrue de la brigade, sortit à contrecœur de l'église. En bas des marches, elle interpella une jeune femme blonde recroquevillée sous son parapluie, assise sur le banc en pierre devant la Plomée, monumentale fontaine publique en forme de carafe :

— Sylviane ! Que fais-tu là sous la pluie ? Tu vas t'mouiller les fesses !

— Moque-toi donc. On devait se retrouver après la procession.

— Ah oui, j'avais oublié. Écoute, rendez-vous mercredi devant la gendarmerie. Après le service, vers dix-huit heures.

— D'accord. Qu'est-ce qui s'est passé dans l'église ?

— Tu n'as pas vu le bedeau ?

— Non… Je viens d'arriver.

— Tu le liras dans les journaux. Pas le temps, je t'expliquerai plus tard.

Impatiente de retourner sur les lieux du crime, Muriel remonta en courant la rue de Traou Meledern plongée dans l'obscurité et se dirigea vers la gendarmerie toute proche. Eau presque jusqu'aux chevilles, elle fut contrainte de tremper ses rangers dans le flot qui dévalait le pavé. Sur les bords du Trieux, le vent fou froissait les immenses saules. À gauche, à droite, tout en délicatesse malgré la tempête.

Furieuse de ne pas assister aux premières constatations, Muriel arracha la barrette qui maintenait ses mèches et, d'un coup de tête rageur, balança ses cheveux noirs de l'autre côté de son visage, révélant dans toute sa superbe son crâne à demi rasé.

Peu de temps après, la sirène remplaça le son des cloches.

Le bedeau fut prié de passer à la gendarmerie dès le lendemain pour témoigner.

Muriel regagna son appartement de fonction dans l'arrière-cour de la brigade. Le plus petit, composé d'une pièce à l'équipement spartiate : un lit une place, une table, une chaise en bois recouverte d'un coussin à la housse douteuse en laine, une plaque électrique capricieuse, un frigo de la dernière guerre et, comble du luxe, une télévision noir et blanc en état de marche, histoire de ne rater sous aucun prétexte le feuilleton policier du moment : *Starsky et Hutch*.

Yeux rivés sur l'écran, Muriel s'assit dans le lit, cala son dos avec un oreiller et, de son doigt tendu en guise de cuiller, attaqua le contenu d'une boîte de raviolis froids.

2

Cinq jours plus tôt…

Le lundi précédent, Muriel, toute de noir vêtue, baluchon sur l'épaule, était descendue Halte de Pontrieux, micheline de 16 h 30. Rien n'avait changé : le petit quai devant la cahute de verre et de brique, les rails rouillés suant sous un soleil de plomb, envahis de bouquets ferroviaires, herbes folles colorées de blanc et de pourpre, clochettes de liseron et autres graminées. Figés dans le temps, comme s'ils attendaient son retour. Cela lui plut. Elle y vit le signe qu'elle pourrait reprendre sa vie là où elle l'avait laissée, dix-sept ans plus tôt.

Après avoir fait un geste au contrôleur et s'être frayé un chemin parmi les nombreux voyageurs, Muriel écarta d'une pichenette le haveneau d'un touriste sans doute ignorant de la catastrophe de la marée noire de mars. Les rochers et les plages paimpolais conserveraient encore longtemps les stigmates du naufrage de ce pétrolier l'*Amoco Cadiz.*

Rangers jointes en avant, Muriel sauta sur le quai désert. C'est alors que, derrière elle, résonna une voix familière :

— Eh, oh, Muriel, tu ne m'aides pas à porter mes valises ?

Elle se retourna et ne reconnut pas de suite la femme blonde aux yeux noisette un peu tristes, vêtue d'un blouson court à carreaux froncé à la taille et d'une jupe plissée de jeune fille sage tombant juste au-dessous du genou. Empêtrée au milieu de ses bagages, devant l'autorail.

— Oh… Sylviane ? Je ne t'avais pas vue. Il faut dire qu'il y a du peuple cet après-midi. Cela fait des lustres que…

— Dix-sept ans, trois mois et dix jours. Exactement. Je t'épargne les heures.

— La coupe courte te va vachement bien, une vraie demoiselle comme il faut. T'as pas changé de couleur de cheveux ? T'étais pas brune avant ?

— Si. Ils ne repoussent plus, c'est désespérant. J'ai beau les enduire d'eau sucrée, c'est la fête à la bouclette. Regarde.

Elle secoua la tête ; deux accroche-cœurs blonds se trémoussèrent sur son front. Son visage s'éclaira, elle éclata de rire, un rictus creusa à son insu une fossette profonde dans sa joue gauche.

« Écartez-vous du quai, mesdemoiselles ! »

Muriel poussa d'un talon autoritaire les bagages posés un peu trop près du marchepied.

Tout à coup, un cycliste surgit sur le quai en criant : « Attendez-moi ! ». Conspuée par les autres voyageurs déjà bien à l'étroit, Muriel aida le contrôleur à charger le vélo à bord de la micheline.

— Lourde la bécane.

Elle tendit son maigre baluchon à Sylviane et, sans hésiter, attrapa les deux immenses valises de son amie, une dans chaque main. Le train repartit vers la gare en surplomb du bassin à flots.

— Tu vas où ? demanda Muriel.

— Vers le centre. Et toi ?

— Pareil.

La voie ferrée donnait sur un parking sur lequel stationnaient quelques voitures. Le terre-plein dominait la vallée. Un court instant, la vue happa les jeunes femmes. Un véritable voyage ascensionnel les transporta, des lucarnes des maisons bourgeoises au clocheton de la mairie, de la haute cheminée en briques rouges cylindriques d'une ancienne machine à vapeur jusqu'à l'antenne pylône sur la butte des Quatre Vents. Songeuses, elles s'extirpèrent à regret du paysage, traversèrent la route et, en préambule à leurs retrouvailles, échangèrent quelques souvenirs du passé.

— Muriel. Muriel et son petit air frondeur. La meilleure amie de mon enfance. Si je m'attendais… c'est le destin qui nous réunit à nouveau. Rappelle-toi, on avait seize ans. Tu t'es enfuie comme une voleuse. Tu m'as abandonnée à mon triste sort dans ce maudit foyer d'accueil.

— Maudit foyer d'accueil, tu l'as dit. Je ne me suis jamais habituée à y vivre : les règles, le manque de liberté, les jalousies, les coups bas… C'était différent pour toi : tu étais bébé quand on t'y a placée.

— Tu parles d'un privilège ! protesta Sylviane. Je te rappelle que juste après ma naissance, ma mère s'est suicidée ; chagrin d'amour il paraît. Mes grands-parents ne voulaient pas de moi. L'enfant de la honte, ils m'appelaient. Ils m'ont déposée au foyer, comme un colis encombrant. Toi, au moins, tu as vécu dans une vraie famille jusqu'à tes seize ans.

Muriel s'arrêta brusquement, fixa son amie droit dans les yeux et éleva la voix :

— Sylviane, évitons le concours de malheurs. J'ai tout perdu quand j'ai quitté les Péron. Trop grande pour rester chez eux, place aux petits qu'ils ont dit. J'étouffais dans ce foyer, j'avais la rage. Fallait que je voie du pays, fallait que je me sente exister. Alors j'me suis barrée.

— Moi aussi, mais plus tard, pour mes études. Pas d'avenir pour les jeunes ici.

— T'étais bonne élève. Pas trop mon cas. Tu m'aidais à faire mes devoirs. Enfin, le plus souvent…

— … Je les faisais à ta place.

— Oui. Bref, si on y allait ?

Les deux femmes s'engagèrent dans la rue des Galeries, passèrent sous le pont de la voie ferrée et entreprirent la descente vers la place de la Liberté.

Sans prévenir, Sylviane glissa sa tête entre les barreaux d'un portail donnant sur une cour et lorgna le toit à deux pans criblé de lucarnes à fronton.

— Regarde, Muriel, reconnais-tu notre ancienne école ?

— Je hais les écoles l'été. C'est vide, c'est triste, ça pue la mort.

Muriel possédait depuis toute petite un talent certain pour la provocation. Sylviane négligea la remarque et poursuivit :

— Notre institutrice, mademoiselle Henriot, vit dans un logement de fonction au dernier étage. Ça te dirait de lui rendre visite ?

— Pas trop le temps. J'ai rendez-vous et je suis un peu à la bourre. Elle habite toujours là ?

— La mairie l'a autorisée à rester dans l'appartement quand elle a pris sa retraite. En remerciement pour son rôle pendant l'Occupation.

— Elle en a planqué des gamins. Ma grande sœur par exemple. Mais ces salauds ont quand même fini par l'avoir.

Un voile d'amertume obscurcit le visage anguleux.

— De toute manière, remarqua Sylviane, le portail est fermé. Pas de tête à la fenêtre. Elle doit dormir.

Soudain, derrière elles, une voix à bout de souffle les interpella :

— C'est moi que vous cherchez ? Oh la la, la côte est rude pour mes jambes fatiguées !

Elles sursautèrent, se retournèrent et plissèrent les yeux. En contre-jour, chariot de courses à roulettes devant elle en guise de déambulateur, la vieille femme, coiffée d'un chignon gris strict et vêtue d'une longue robe bleu marine, leur apparut, démarche claudicante. Muriel posa les deux valises qui se faisaient un peu lourdes.

— Mademoiselle Henriot ! s'exclama Sylviane.

— Bonjour, Sylviane. Cela fait un an que tu n'es pas venue me voir. Je croyais que tu m'avais oubliée. Tu as teint tes cheveux depuis la dernière fois ? Tu es le portrait de ta mère avec tes bouclettes blondes. Cela te va très bien.

L'institutrice soupira :

— Pauvre Elvire…

Un frisson traversa le corps noueux. Elle agita sa tête, comme pour en évacuer les idées sombres, et grogna :

— Cette rue se trouve en plein courant d'air !

Elle se tourna vers Muriel :

— Muriel ! Tu es là, toi aussi ? Heureuse de te revoir, ma grande ! Approche, que je te regarde.

Elle sourit et, de son œil encore vif, détailla le visage de la jeune femme.

— Voyons… la mèche est un peu plus longue ; tu soufflais déjà dessus quand tu étais petiote.

— Elle fait partie de moi, se justifia Muriel. Je hurlais quand le coiffeur faisait mine de la couper.

— Comme tu peux le constater, je n'ai jamais quitté l'école. De ma fenêtre, j'observe la cour pendant les récréations. Discrètement, pour ne pas importuner les enseignants. Les gamins, c'était ma vie. Mais j'apprécie aussi les vacances et le silence. En fin d'après-midi, je m'installe souvent derrière le bâtiment, à l'ombre d'un grand marronnier. Venez, on va s'asseoir dessous pour discuter un peu.

— Ben… protesta Muriel, je…

— Vous avez bien le temps !

— Pas vraim…

— Et le mien est compté.

L'autorité de leur vieille enseignante produisait encore son effet ; elles obéirent sans broncher comme lorsqu'elles étaient petites filles. Mademoiselle Henriot ouvrit le portail. À sa suite, lentement, elles pénétrèrent dans la cour de l'école et longèrent le préau et ses cabinets aux portes battantes en bois.

— Incroyable, c'est presque comme avant ! s'écria Muriel.

— C'est vrai, admit mademoiselle Henriot, mais il y aurait besoin d'un bon coup de peinture.

Après avoir contourné l'immense bâtisse, elles rejoignirent le jardinet. Pendant les vacances, la nature reprenait ses aises dans le potager aménagé pour les enfants par les agents municipaux. Sur des fils à linge tendus le long d'un mur de pierres, deux draps blancs et quelques grandes culottes flottaient au vent. Muriel fut troublée d'entrer dans l'intimité de son ancienne maîtresse d'école.

— Ici je suis tranquille, continua l'institutrice, on ne me voit pas de la route. Il n'y a pas si longtemps, je donnais un coup de main pour le jardinage. Je n'en ai plus la force à présent.

— Ce sont vos draps ? demanda Sylviane. Nous pouvons les ramasser si vous voulez.

— Ce n'est pas de refus. J'ai profité d'un rayon de soleil ce midi pour mettre un peu de linge à sécher. Il sentira bon le frais. Mon infirmière m'a aidée à le descendre du deuxième étage. Toutes ces marches, ce n'est plus de mon âge.

Pendant que Sylviane et Muriel décrochaient les draps et les culottes du fil, mademoiselle Henriot se dirigea vers le marronnier. Deux chaises aux tubulures peintes en vert étaient installées dessous, autour d'une table d'écolier au bois gris bleu patiné par le temps. L'institutrice se laissa tomber sur l'une d'elles. Les deux jeunes femmes plièrent le linge et le rangèrent dans une grande manne.

— Merci bien, mes petites. Venez donc vous asseoir ! les pria l'institutrice.

Sylviane s'octroya la seconde chaise et Muriel s'assit en tailleur au pied du marronnier.

— La ville parle d'abattre mon arbre, soupira la vieille femme. Trop d'entretien il paraît : les bogues, les feuilles… De toute façon, il est mal en point ; nous partirons ensemble. Dommage, il en aurait des secrets à dévoiler. Comme moi…

Avec nostalgie, toutes trois se remémorèrent quelques anecdotes des années troublées d'après-guerre.

— Tu te souviens, Muriel, comme tu protégeais ta copine Sylviane ?

— Oh oui ! s'écria Muriel. Elle était toute menue. Je me suis battue bien des fois pour la défendre…

— On formait une sacrée équipe, renchérit Sylviane. Nous deux contre le reste de la classe. Les autres enfants ne nous aimaient pas trop. Ils nous traitaient de tous les noms. Même encore aujourd'hui, les larmes me montent aux yeux quand j'y pense. Heureusement, mademoiselle Henriot, quand vous arriviez…

— Plus personne ne mouftait ! s'esclaffa Muriel, pouce et index pressés contre ses lèvres.

— Les enfants sont quelquefois méchants entre eux. Mais bien souvent, ils ne font que répéter ce que racontent leurs parents ! dit l'institutrice.

Mademoiselle Henriot frotta discrètement sa main contre ses yeux. Une fragilité touchante se dégageait de l'enseignante, encore grande et athlétique quelques années auparavant. Elle se mit soudain à tousser bruyamment dans un immense mouchoir à carreaux. Elle cracha puis dissimula pudiquement dans sa manche le tissu taché de rouge. La conversation tourna court. Elle se tut et feignit de se plonger dans un livre aux pages jaunies. Avant de partir, Muriel ne put s'empêcher de jeter un œil sur la couverture du vieil ouvrage écrit par Colette, nom qui ne lui évoquait rien.

Elle-même, à Paris, dévorait en cachette des romans bien éloignés de l'image masculine qu'elle affichait : des romans d'amour bon marché, Harlequin et autres douceurs, abandonnés par des inconnues sur des bancs de gare ou souvent à la poubelle, une fois consommés. Quand ils venaient à manquer, elle les dérobait à la barbe des kiosquiers. Les passages érotiques réchauffaient ses nuits et apaisaient ses jours. Elle retirait de sa lecture une confuse culpabilité, une honte délicieuse.

— Je te le donne si tu veux, murmura l'institutrice, yeux mi-clos. Je le connais par cœur.

— Non, merci, répondit Muriel comme prise en faute. Au revoir, mademoiselle Henriot.

Presque sur la pointe des pieds, elles quittèrent la cour et se dirigèrent vers la place de la Liberté.

— Pas toujours bon de remuer les souvenirs, soupira Sylviane. Pourtant, c'est nécessaire quand ils deviennent trop lourds.

Surprise, Muriel se tourna vers son amie soudain si sérieuse.

— Je ne sais pas, moi j'préfère aller d'l'avant. Je te laisse là, Sylviane ? Je vais traverser par la passerelle, vers les lavoirs.

— Mince alors, protesta Sylviane, tu as bien cinq minutes. Tu n'as pas changé, toujours pressée. Si on allait boire un café, sur la place Le Trocquer ? Comme au bon vieux temps ?

— Cinq minutes alors, je ne voudrais pas me mettre en retard pour cette première prise de contact. J'ai rendez-vous à la gendarmerie avec le chef de la brigade. Je vais crécher à côté, dans un des logements de fonction.

— Tu es gendarme ? Toi ? Non ! C'est une blague !

Ravie de son petit effet, Muriel fit durer le plaisir :

— On sera mieux assises pour parler de tout ça.

Elles franchirent le pont Saint-Yves, un pont en béton armé, construit d'une seule travée afin de réduire sa vulnérabilité face aux inondations fréquentes à cet endroit. Un précédent en bois avait été emporté par les eaux en 1773, reconstruit à l'identique et de nouveau détruit au début du XXe siècle.

Accompagnées par les regards curieux des passants et de quelques personnes attablées, elles s'installèrent sur la terrasse du bar-tabac. La patronne arriva pour la commande.

— Pour ces demoiselles, ce sera quoi ?

— Pour moi, un café s'il vous plaît, répondit Sylviane. Et toi, Muriel ? Je t'invite.

— Oh, un petit verre de vin rouge. Pas de la piquette, du bon.

La tenancière, agacée, tourna les talons et lança à son mari derrière le comptoir :

— Pour ces dames, un café et un verre de BON vin rouge, s'il te plaît.

Sylviane demanda à Muriel :

— Alors, réponds-moi à présent, tu es gendarme ou pas ?

Malgré elle, Muriel serra les fesses et bomba son torse plat.

— Oui, enfin… presque. Pas de place pour les femmes dans la gendarmerie. Même pas dans « la jaune », c'est pour dire.

— La jaune ?

— La jaune, la mobile qui assure les remplacements et les renforts pour l'été. Je suis cantonnée dans les bureaux. Pas de terrain, de l'administratif. Mais t'en fais pas, à la première occasion, je leur prouverai à ces messieurs qu'on possède aussi des neurones et des muscles, voire des couilles, nous les nanas.

— Des cou… comme tu y vas !

— Oui, Madame, des couilles. Un jour viendra, nous nous retrouverons sur un pied d'égalité avec les hommes dans la gendarmerie. Et ce jour-là, ma chère, t'inquiète, je serai là. En attendant, j'effectue un remplacement pour l'été à Pontrieux. Ils ont besoin de renfort pour la paperasse. Bref, un bon petit crime ne serait pas de refus pour leur montrer mes talents d'enquêtrice et leur déballer ce que j'ai dans le bide !

— Oh… un crime ?

Sylviane s'interrompit un instant, le temps que la serveuse apporte leur commande et s'éloigne.

— Mon Dieu, pourquoi parles-tu d'un crime ? demanda-t-elle presque en chuchotant.

Depuis un moment, Muriel, sourcils circonflexe et tête ventilateur pivotant, commençait à s'agiter sur sa chaise. Exaspérée par les minauderies de son amie trop sage, elle soupira, prit une inspiration profonde et, afin de calmer le fourmillement d'impatience qui envahissait ses jambes, se leva brusquement. La table vacilla, le verre de vin trembla.

— Ben oui, on peut rêver, non ? Oh, toi, t'as toujours eu peur de tout. Rassure-toi, à Pontrieux il ne se passe jamais rien. C'est bien pour ça qu'on chante « *Pontrieux, coin délicieux* », non ?

— Si... sans doute.

— Et toi, quel métier exerces-tu ? Laisse-moi deviner : maîtresse d'école, j'suis sûre. Quand t'étais gamine, tu serinais : « Moi, je serai institutrice. Moi, je serai institutrice. » Alors moi, je pensais : « Sylviane, elle sera institutrice. » Alors, dis, t'es institutrice ?

Elle se pencha vers Sylviane et lui décocha une bourrade amicale dans les côtes.

— Aïe !

La jeune femme fronça son nez trompette.

— Je retrouve bien la Sylviane boudeuse que j'ai connue ! s'écria Muriel. Alors, dis, t'es institutrice ?

— Ben non, pas du tout, je travaillais dans un musée de la région parisienne. Je revenais de temps en temps pendant mes congés. Cette fois, c'est pour une mission de quelques mois. J'ai tout de suite accepté quand j'ai vu que c'était à Pontrieux.

Tasse à la main, la jeune femme trempa le bout de sa langue dans le liquide brûlant et, tout en soufflant sur le café, refréna une grimace. L'empreinte de ses lèvres rose bonbon s'imprima sur le bord en porcelaine. Muriel ferma les yeux et, provocatrice, à coups de petites lichettes bruyantes, savoura son vin rouge.

— T'as vu, lança-t-elle à son amie, elle m'a servi le vin dans un verre Duralex ! Elle l'a fait exprès, j'suis sûre. Sans faire de manières, j'aurais préféré un p'tit ballon !

— Quel âge as-tu ? demanda Sylviane en souriant. C'était notre jeu, tu te souviens ?

— Oui, notre jeu de gamines. Bon, pour te faire plaisir, attends… J'ai seize ans, à peu près l'âge où j'ai quitté Pontrieux. J'aimerais bien…

— Tu sais comment ils projettent de dénommer le bar où nous sommes ?

— Comment ?

— L'Arc de Triomphe. Bien trouvé, non ? Tu te souviens, la maison à pans de bois sur cette même place s'appelle la tour Eiffel.

— À défaut de dame de fer, Pontrieux a sa dame de bois ! Finalement, ça me manquait ces maisons bourgeoises de Pontrieux, s'esclaffa Muriel. Qui l'eût cru ?

— Et la plus belle alors, celle des Carré-Kerizel, on l'appellerait le palais de l'Élysée ? ironisa Sylviane, lèvres pincées, petit doigt en l'air. Charles Carré-Kerizel est un ancien cadre de la cartonnerie et le futur maire de Pontrieux… à ce qu'il paraît.

La demeure en pierres de taille du XVIIIe siècle dominait toutes les autres du faîte de son immense toit pentu et les toisait de la souche de ses cheminées plus immenses encore. Chacun des petits carreaux de ses multiples fenêtres semblait surveiller discrètement les allées et venues des passants dans la rue. Voir sans être vu, médire… Pire encore ?

— Bonne idée ! approuva Muriel. Ils ont toujours eu la folie des grandeurs ces deux-là ! Péter plus haut qu'leur cul ils connaissent ! Faudra quand même demander à Yves Le Trocquer s'il est d'accord !

— Sa femme dirige la chorale, ajouta Sylviane. Son mari en fait également partie. D'ailleurs, samedi prochain, ils vont chanter pour le pardon à l'église de Notre-Dame-des-Fontaines.

— Ah, charmant tout ça ! s'exclama Muriel, sourire grimaçant aux lèvres. Bon, pour changer de sujet, mademoiselle Henriot paraît un peu faiblarde. Tu as remarqué le sang dans le mouchoir ?

— Oui, elle souffre d'une de ces maladies dont on ne se remet pas. Je l'ai appris l'an dernier. Elle était alitée. J'avais rendez-vous chez le notaire pour…

— Les vieux ont cassé leur pipe ? Non !

— Il ne restait plus que ma grand-mère. La maison me revient, même si mes grands-parents ne se sont jamais occupés de moi. Je ne suis pas déshéritée, c'est déjà ça. C'est là-bas que je vais d'ailleurs.

— Eh ben, c'est justice que tu récupères cette baraque ! grogna Muriel.

— Je ne m'y sens pas chez moi. Je n'en ai même pas encore exploré toutes les pièces.

— Bon, faut que j'me tire. J'vais m'faire appeler Arthur ![5] Quoique, Arthur, pourquoi pas… Ce serait mieux que Muriel. Je déteste mon prénom, ça fait tellement fifille !

— On se reverra ?

— Bien sûr, Sylviane. On se donne le temps de s'installer. On se retrouve samedi, après le pardon de Notre-Dame-des-Fontaines. Devant la Plomée, comme quand on était petites. N'oublie pas ton cerceau.

---

5. *Cette expression proviendrait de la Seconde Guerre mondiale et ferait référence à l'occupation de la France pendant laquelle le couvre-feu avait été fixé à vingt heures. Le nom « Arthur » serait une déformation de l'allemand «* Acht Uhr *» « vingt heures ! » que les patrouilles ennemies criaient aux retardataires éventuels. Se faire appeler Arthur, c'est se voir faire des remontrances, se faire disputer.*

La Plomée était le lieu de rendez-vous des gamins. Leur jeu favori ? Le lancer de cerceaux autour du bouchon de la carafe, comme ils l'appelaient.

— À samedi, Muriel.

— À samedi, Sylviane. Devant la Plomée.

3

Lundi, lendemain du pardon

Dans la gendarmerie en effervescence, un *had pardon*[6] morose débuta pour Muriel. Ses collègues masculins, occupés sur le terrain pour la suite des constatations, les photos et l'enquête de voisinage, étaient partis en mission depuis longtemps, bottes aux pieds. La pluie, à présent fine et légère, tombait toujours. L'eau s'évacuait lentement des rues. Les pompiers et le personnel communal avaient œuvré toute la nuit. Le substitut du procureur avait projeté de se rendre sur les lieux l'après-midi même. Rien ne devait être laissé au hasard.

Affalée sur une chaise branlante, Muriel observait tour à tour avec amertume la course à l'écrasement des gouttes ruisselant sur la fenêtre, les allées et venues des témoins et les touches noircies de sa machine à écrire.

---

6. Retour de pardon.

Elle n'était pas seule dans le local sombre. Il y avait Estelle aussi qui, tête au ras du clavier, tapait frénétiquement, comme si sa vie en dépendait. C'était une petite dame effacée et discrète, parfaite souris grise de gendarmerie, au visage bardé de cicatrices, séquelles d'une acné sévère. Trois ans plus tôt, comme Muriel, elle avait intégré la brigade de Pontrieux pour un emploi administratif, le temps de la période estivale. Elle y était restée. Très peu de femmes avaient eu cette opportunité en France. C'étaient les débuts timides de la féminisation.

Estelle n'avait pas la vie facile. À leur arrivée à Pontrieux, son mari, victime d'un terrible accident de la route, n'en avait pas réchappé. Leur fils de cinq ans présent dans la voiture s'en était sorti, mais était resté lourdement handicapé. Martin Dupuy, l'adjudant-chef, avait insisté pour qu'Estelle soit embauchée à l'année à la gendarmerie. Elle lui vouait depuis une reconnaissance éternelle.

Dans la journée, l'enfant était pris en charge par une institution. Mais le soir, Estelle s'en occupait avec abnégation et bien souvent, était contrainte de se mettre en arrêt. L'arrivée de Muriel s'avérait donc providentielle. Les deux femmes, derrière le rempart de leurs machines à écrire, ne communiquaient guère. Estelle avait expliqué à la jeune recrue en quoi consistait sa mission, mais leurs échanges n'avaient pas franchi le cadre strictement professionnel.

Muriel nourrissait une ambition qui dépassait l'horizon d'une simple secrétaire. Appelée en renfort pour taper la déposition du bedeau, elle pénétra, avec une satisfaction non dissimulée, dans le bureau du chef Dupuy. À défaut d'action, elle allait tout de même se retrouver au cœur de l'affaire. Elle bénit le fléau récurrent de la gendarmerie : le manque d'effectifs.

Le petit homme entra. Sans son habit de lumière, il apparut à Muriel bien chétif et extrêmement effacé. Insignifiant, à un détail près : ses immenses bacchantes, presque incongrues au milieu de ce visage de passe-muraille. Il fut invité à s'asseoir et amorça un récit des faits ponctué par le sursaut de ses moustaches, le martèlement des touches de la machine à écrire et l'oscillation impatiente du crayon de l'adjudant-chef.

— Commençons, ordonna Martin Dupuy, grand bel homme poivre et sel à l'autorité naturelle. Nom, prénom ?

— Lagadec Bonaventure.

— Profession ?

— Fossoyeur et bedeau.

— Donc, poursuivons, racontez-nous comment vous avez découvert le corps de monsieur Carré-Kerizel.

— J'étais posté dans l'église devant la porte latérale et j'écoutais la chorale. Je m'acharnais à maintenir cette porte fermée : elle n'arrêtait pas de claquer à cause du vent qui soufflait fort. Soudain, j'ai entendu des éclats de voix à l'extérieur. Je suis sorti pour faire taire les fauteurs de troubles. C'est alors que j'ai remarqué que l'eau montait dans la rue. J'ai contourné l'église jusqu'à cette ouverture en demi-lune dans la pierre, protégée par une grille bleue rouillée. J'ai pensé que l'inondation pouvait provenir de là, j'avais raison. L'endroit, au ras du sol, donne sur un petit canal qui passe sous l'édifice. On y voit l'eau couler juste avant qu'elle ne se jette dans le Trieux. C'est dangereux. Beaucoup d'enfants jouent pourtant à cet endroit.

— Muriel, vous arrivez à suivre?

Vexée, Muriel esquissa un haussement d'épaules, mais se ravisa à temps, arbora son sourire docile de gratte-papier et bredouilla:

— Oui, oui, adjudant-chef.

— Elle débute, crut bon de préciser Martin Dupuy. Monsieur Lagadec, poursuivez.

— Je me suis approché; j'avais de l'eau presque jusqu'aux chevilles. J'ai voulu débarrasser la grille des branchages qui l'obstruaient. C'est à ce moment-là que... Mon Dieu, quelle horreur! C'est à ce moment-là que...

— C'est à ce moment-là que quoi? s'impatienta l'adjudant.

— Au milieu de toutes sortes de débris, j'ai aperçu cette main dépasser à travers les barreaux. Une main aux gros doigts gonflés par le sang. Ce qui m'a marqué, c'est l'alliance à demi arrachée. Le pauvre homme a dû tenter de se raccrocher comme il a pu.

— Pas de supputations, monsieur Lagadec, c'est notre travail.

— Excusez-moi. J'ai ouvert la grille et je me suis précipité pour secourir le malheureux.

— Je vous arrête: par sécurité, cette grille est fermée par un cadenas. Comme toutes celles protégeant les fontaines ou donnant sur ce canal.

— Je suis aussi fontainier municipal. Je possède un passe sur mon trousseau de clés.

— Ah! Vous connaissez parfaitement les lieux alors. Intéressant. Poursuivez.

— Je me suis penché. Le corps et de nombreuses branches obstruaient la grille. C'est ce qui a provoqué l'inondation. Les grosses pluies combinées à la marée, on a l'habitude à Pontrieux. Mais quand les macchabées s'en mêlent… D'ailleurs, ce n'est pas la première fois que le pardon est endeuillé.

— Vous vous égarez, monsieur Lagadec !

— Excusez-moi. J'ai appelé à l'aide. Mais avec le vacarme de l'averse, personne ne m'a entendu. Alors je n'ai pas eu le choix, j'ai déverrouillé la grille, j'ai saisi les barreaux et j'ai tiré de toutes mes forces. Comme un évier qui se débouche, gloup, tout est venu d'un coup : grille, branches d'arbre, détritus et… cadavre. La coulée m'a propulsé violemment au sol, j'ai reçu des paquets de flotte et tout un tas de trucs dans la figure, j'étais sonné. J'ai repris mes esprits, j'ai réussi à me relever et j'ai traîné le corps par les pieds jusqu'à un endroit plus sec, plus haut contre l'église. Le cadavre risquait d'être emporté par l'eau qui dévalait vers le Trieux. C'est à ce moment-là seulement que j'ai reconnu Charles Carré-Kerizel, l'un des choristes, le mari de notre cheffe de chœur. Pas facile, l'homme, visage ravagé, était méconnaissable. En fait, je l'ai identifié grâce à son énorme gourmette en or… de parvenu.

— De parvenu ? Qu'entendez-vous par là ?

— Oh, rien.

— Simples supputations alors ?

— Excusez-moi.

— Parlez-moi de cette gourmette.

— Charles Carré-Kerizel la portait toujours au poignet et quand il l'agitait au-dessus de sa tête, c'était signe qu'il n'y avait plus rien à rajouter. Il ne supportait aucune contradiction. Vous le savez, il allait se présenter pour les élections municipales. Tout le monde se demandait la raison de son absence à la répétition de la chorale la veille du pardon, le vendredi soir. Sa femme, elle, ne semblait pas inquiète : apparemment, ce n'était pas la première fois, c'était un homme très occupé.

Tout en frisottant ses immenses moustaches entre pouce et index, le bedeau insista lourdement sur le « très occupé ».

— Contentez-vous des faits, ordonna Martin Dupuy.

— Excusez-moi.

L'adjudant-chef soupira et mordit son crayon à pleines dents.

— Donc vous avez ouvert la grille et après ?

— Je ne sais pas pourquoi, j'ai voulu mettre le corps à l'abri. C'est idiot, il était mort.

— C'est à nous d'en juger, monsieur Lagadec. Il est vrai que vous auriez dû nous appeler immédiatement et ne toucher à rien. Les premières constatations ont été rendues compliquées par le déplacement du cadavre.

— Excusez-moi.

— Cessez de vous excuser, c'est exaspérant.

— Excusez…

— Quelqu'un vous a vu ?

— Non, personne. Les gens attendaient la procession devant l'église. J'ai saisi le corps comme j'ai pu sous les aisselles et je l'ai traîné vers la porte latérale. Mais quelqu'un l'avait bouclée après que je suis sorti. J'ai donc été contraint de contourner l'édifice et de passer par l'entrée principale.

— Avez-vous remarqué quelque chose qui pourrait nous aider dans l'enquête ? Les jours précédents ?

— Non. Sauf peut-être...

— Parlez.

— Non... Je... J'ai tout dit.

Le bedeau, fébrile, épongea de la manche son front moite et se tut brusquement.

— Vous n'avez plus rien à rajouter ? demanda l'adjudant-chef.

— Euh, non, excusez-moi.

Il s'en alla, jambes et bacchante tremblantes. Madame Carré-Kerizel, capuche encore sur la tête, s'engouffra dans l'entrebâillement de la porte. Le suisse s'aplatit contre le chambranle pour les laisser passer, elle et son large imperméable dégoulinant. La veuve le fusilla du regard. Il enfonça profondément son cou entre ses épaules. Et c'est davantage diminué, si cela était possible, que Bonaventure Lagadec rentra chez lui, dans sa modeste maison, côte du Cimetière. Il y vivait en compagnie de sa vieille mère.

Muriel tapa la déposition de la femme du défunt. Laquelle déposition, assez instructive, conforta l'adjudant dans ses soupçons sur Lagadec.

4

Mercredi, trois jours après le pardon...

Le mercredi en fin d'après-midi, les deux amies se retrouvèrent comme prévu devant la gendarmerie. Sylviane portait une jupe plissée grise, un polo et des tennis blanc immaculé, tenue que Muriel considéra comme totalement inadaptée au temps humide pontrivien. Avant que la gravure de mode ne se transforme en serpillière pas tordue, elles se dirigèrent rapidement vers les appartements de fonction.

— Tu vois, expliqua Muriel, ici, derrière chaque porte, se cache un représentant de la loi. Impressionnant, non ? Au bout du couloir, c'est Éric Le Bec, un jeune stagiaire, fraîchement sorti de l'école. Je devrais plutôt dire une arrogante recrue fraîchement sortie de l'école. Un grand blond aux yeux verts, genre « serial tombeur ».

— Oh ! s'exclama Sylviane, une idylle en perspective.

— T'es folle ! Je ne le connais pas encore très bien, mais je sens que ça va pas trop coller entre nous.

— C'est ce qu'on dit au début.

Muriel fronça le nez et, bouche grande ouverte, simula un haut-le-cœur.

— Je t'le laisse avec plaisir !

Elle fit visiter sa chambre à son amie. Cela fut rapide.

— Tu te plais ici ? demanda Sylviane.

Muriel partit en un fou rire irrépressible.

— Tu sous-entends : est-ce que je me suis fait des copines parmi mes voisines femmes de gendarmes ?

— Par exemple.

— Écoute, je sais que ce n'est pas facile pour elles. T'épouses un gendarme, t'épouses la gendarmerie. Beaucoup possèdent une maison particulière à Pontrieux. Celles qui habitent là sont un peu comme à la caserne. Tu peux pas faire ce que tu veux, t'es surveillée, t'as un rôle à tenir. Certaines se montrent très cancanières, ça papote, ça dit du mal, c'est fier de son mari. Je me sens étrangère dans cette basse-cour.

— Un peu dur, non ?

Muriel propulsa sa mèche rebelle devant son visage et pérora :

— À peine, ma chère. De toute manière, ces dames ne m'ont pas acceptée, je ne leur ressemble pas, pas la tête de l'emploi. Tu vois c'qu'j'veux dire ?

— Et puis, tu n'es pas femme de gendarme.

Muriel souffla sur sa mèche.

— Exact. Pas femme de gendarme. Pas gendarme. Pas grand-chose, quoi.

— Ce sempiternel sens de l'exagération ! Bon, où va-t-on ? demanda Sylviane.

— On s'barre d'ici en tout cas. J'aimerais bien rendre visite à mon ancienne famille d'accueil, les Péron. Ils habitent toujours le long du Trieux à Goas Vilinic. Ça fait un bout à pied.

— Pas de problème, je suis venue avec la voiture de mes grands-parents, récupérée dans le garage. Elle faisait partie de l'héritage. Dans un état impeccable. J'ai juste changé la batterie. Elle est stationnée sur le parking à côté.

Les deux jeunes femmes sortirent. La pluie qui tombait sans discontinuer depuis plusieurs jours avait enfin cessé. Le Trieux s'appliquait à reprendre son cours pépère et libérait lentement les lavoirs inondés qui, situés à l'extrémité de jardins privés, s'égrenaient en enfilade sur ses berges. Le niveau de l'eau avait presque atteint leurs toits recouverts d'ardoise. Emportées par le courant, quelques barques avaient rompu leurs amarres et s'étaient fracassées sur le déversoir du moulin Richel en aval. Les berges détrempées, les eaux encore jaunâtres et les sacs de sable pansus abandonnés devant les maisons témoignaient de la violence des intempéries.

En grande discussion et visiblement satisfaits de leurs investigations, les gendarmes remontaient tout juste de leur enquête sur le terrain. D'après les bribes de conversation que Muriel parvint à saisir, elle comprit que l'affaire, considérée assez simple, était confiée à leur unité locale. Ils en retiraient apparemment une profonde fierté. Muriel mourait d'envie de les questionner, mais finalement y renonça. De toute façon, les gendarmes l'ignorèrent totalement. La jeune femme bouillait intérieurement.

— Où en est l'enquête ? demanda Sylviane.

— Secret de l'instruction ! répondit Muriel d'un air suffisant.

En fait, elle n'était au courant de rien, mais trop orgueilleuse pour l'avouer. Pour changer de sujet, elle lança en arrivant sur le parking :

— Ouah, la grosse bagnole ! Une DS, mazette ! Rouge pétant. Pas aussi belle que la Zebra 3, mais la classe. Des rupins, tes grands-parents !

— La Zebra quoi ?

— La Zebra 3, la voiture de Hutch, mon héros préféré !

— Ah… Elle est un peu poussiéreuse et vieillotte. Sur la fin, mes grands-parents ne devaient pas beaucoup l'utiliser. Je les déteste encore davantage depuis que j'ai découvert leur train de vie.

Mains en avant agrippées à un volant imaginaire, genoux pliés, lèvres pincées, Muriel prit un air suffisant et susurra :

— Ma chère, vous allez pouvoir vous pavaner dans les rues de Pontrieux !

— Pas mon genre. Si tu le souhaites, je te la prête.

— Pas l'permis.

— C'est pas obligatoire pour entrer dans la gendarmerie ?

— Je ne suis pas vraiment gendarme, je te le rappelle.

— Ça, j'ai bien compris. Tu me l'as assez répété au café, le jour on s'est retrouvées !

— Tu vois bien que je ne porte pas l'uniforme. Ça m'arrange, d'ailleurs. De toute façon, moi mon truc, c'est les motos. Les grosses bécanes de préférence.

— Ah. On y va ?

— Avant, tu peux me conduire sur la place ? J'aimerais acheter un bouquet chez la fleuriste. Ça se fait pas de débarquer les mains vides !

Daniel Delahaye, petit homme très effacé, visage glabre aux traits flasques, s'affairait à arroser les plantes devant son magasin. Son épouse Marguerite, femme maigre aux fines lèvres pincées, ridée comme le Trieux un jour de tempête, comptait ses sous, penchée coudes en avant sur sa caisse. En apercevant Muriel et Sylviane, le fleuriste, pris d'un clignement de l'œil nerveux, baissa la tête. Un tic fâcheux dont il n'arrivait pas à se défaire. Tic aggravé par un bégaiement encore plus fâcheux. Bégaiement qui ne le quittait que lorsqu'il chantait à la chorale.

— Vous, vous… dé… désirez ?

— Oh, des fleurs très simples, des coquelicots par exemple ?

— Des coquelicots ? N'importe qu… Pas de ça ici, grommela Marguerite d'une voix étonnamment basse pour sa frêle constitution.

Muriel opta finalement pour un bouquet de roses blanches. Mal à l'aise sous le regard en coin insistant des fleuristes, les deux amies abandonnèrent prestement les lieux, remontèrent dans la voiture et roulèrent jusqu'au port de Goas Vilinic.

Entre le chemin de halage et la voie ferrée se trouvait la maison des Péron. Basse, en pierres, assez modeste, entourée d'un jardinet. Muriel y avait passé toute son enfance.

La jeune femme demeura pantoise devant la façade : les volets à la peinture écaillée étaient clos et les rebords des fenêtres, naguère garnis de géraniums rouge vif, recouverts de mousse verdâtre. Les Péron, couple si soigneux, adoraient leur « petit chez eux », leur fierté, et sa vue imprenable sur les berges du Trieux.

Muriel hésita un instant puis toqua à la porte. Un laps de temps assez long s'écoula. Visiblement tirée de sa sieste, madame Péron apparut, vêtue d'une robe de chambre rose râpée dont elle avait retroussé les manches. Muriel peina à la reconnaître. C'était naturel après tout ce temps, elle avait vieilli. Fort mal. L'une de ses paupières tombait un peu, ses cheveux gris étaient clairsemés sur le haut de son crâne. Éblouie par la lumière du jour, elle écarquilla les yeux et bredouilla de sa voix au fort accent trégorrois :

— C'est pourrr… quoi ?

Muriel se sentit coupable d'avoir remisé au fond de sa mémoire ce roulage des « R » terriblement prononcé et réalisa qu'il lui avait cruellement manqué.

— C'est moi, Muriel. Tu ne me reconnais pas ?

— Murrriel ? Oh… Mon Dieu, depuis le temps !

Elle saisit les mains de la jeune femme et les serra vivement. Muriel laissa échapper un cri et son bouquet de roses blanches.

— Excuse-moi, je t'ai fait mal. Entrrre, voyons.

— Je suis venue avec Sylviane.

— Sylviane ? Oh oui Sylviane, bien sûrrr. Entrrrez toutes les deux.

Sylviane, qui s'était tenue à l'écart, s'approcha et ramassa les fleurs. Elles pénétrèrent dans la maison tout en désordre qui exhalait une désagréable odeur de renfermé et de moisi. Elles s'installèrent à la table de la cuisine recouverte d'une toile cirée assez grasse. Comme quand elle était petite, Muriel promena son doigt autour des gros coquelicots rouges. Si elle réussissait à ne pas les toucher, son vœu le plus cher se réaliserait.

— Je vais préparer le café. Il est pas trop tarrrd ? Muriel, oh Murrriel, si je m'attendais… Pourquoi n'as-tu pas donné de tes nouvelles ?

— Pardonne-moi, Tantine. Je voulais couper les ponts avec mon existence d'avant.

— Tantine, ce nom m'a tant manqué. Qu'as-tu fait pendant tout ce temps, ma chérie ?

— Plein de choses, Tantine. Plein de choses. Je suis gendarme maintenant.

— Oh, gendarrrme ? C'est bien, je suis fièrrre de toi.

Muriel lança un clin d'œil à Sylviane qui traça sur sa bouche une croix de connivence. Gendarme, elle ne l'était pas vraiment, pas encore. En venant, elle avait touché deux mots de sa vie à Paris à son amie. Bien sûr, elle ne pouvait pas avouer que pendant ses années d'errance, elle en avait commis des bêtises. À Paris, elle avait dormi dans la rue, fréquenté des personnes peu recommandables. D'autres aussi, extraordinaires, qui l'avaient aidée sans demande de retour. Elle s'était droguée, avait volé, et pire encore.

Jusqu'au jour où, au poste de police, Muriel avait rencontré François. Elle avait été appréhendée lors d'une rafle dans un squat du quartier chinois. Le jeune gendarme au physique plutôt agréable ne l'avait pas quittée du regard à travers les barreaux de la geôle. L'uniforme lui seyait et le moulait juste là où il faut.

Après un contrôle d'identité, Muriel avait été relâchée. François l'attendait devant le poste de police. Il s'était dirigé vers elle et, d'une voix moins assurée que dans l'exercice de sa fonction, lui avait proposé de la raccompagner. Elle avait failli lui rire au nez et lui cracher au visage quelque chose du genre « Mort aux vaches », mais soudain, elle l'avait aperçue : la moto. LA moto. Une reine, la moto du siècle. Une Honda CB 750, souple, puissante, l'un des premiers multicylindres quatre-temps. Muriel s'était surprise à susurrer comme une jeune fille de bonne famille : « Avec plaisir ». Il lui avait tendu un casque. Elle était montée en croupe sur la selle confortable à partager à deux, s'était collée à lui, avait enserré son corps ferme, en avait évalué la musculature. Il s'était raidi, avait saisi ses mains, elle s'était laissée faire. Ils avaient roulé, roulé, à s'en étourdir la calebasse. Ce jour-là, les jours d'après, et les jours encore après.

Devant son insistance – il ne pouvait rien lui refuser –, chaque soir, il lui avait appris à conduire la moto sur un parking de supermarché, dès la fermeture. Après la leçon et la balade, ils regagnaient son appartement parisien prêté par un ami. Une période de vie calme pour Muriel. Elle s'était reposée, avait goûté la parenthèse. François était un homme doux. Elle l'aimait bien. Il l'avait incitée à rentrer dans le rang et à changer les choses de l'intérieur, en passant de l'autre côté de la barrière.

Pourtant, leur relation ne dura pas. François rêvait d'une existence pépère, sans vaguelette. Assoiffée de liberté et de nouvelles expériences, Muriel s'ennuya et se lassa de feindre l'orgasme chaque soir, en bonne petite femme bien comme il faut. Ils se séparèrent ; il la laissa s'en aller, persuadé qu'elle reviendrait très vite. Mais elle ne revint pas.

Après des mois de galère, elle accepta cette affectation au village de son enfance. Pour enfin comprendre ce qui la minait. Une plongée douloureuse dans le passé.

— Où est Tonton ? lança Muriel.

Le visage de la vieille femme se rembrunit. Elle tourna son alliance autour de son annulaire. Sa voix se teinta d'inflexions tristes. Elle en oublia même de rouler les R.

— Oh ! Tu n'as pas su ? Il est tombé malade peu de temps avant que tu ne partes. Des allers-retours à l'hôpital. Et le crabe l'a emporté.

— J'ai cru que vous m'aviez placée au foyer pour vous occuper d'autres enfants.

— C'est ce qu'on t'a dit pour ne pas t'inquiéter. C'était provisoire. Nous te considérions comme notre fille. Ah, on n'a pas eu le choix ! Georges est décédé peu de temps après ton départ. Je ne m'en suis jamais remise. Sa mort et ta fuite, c'était trop.

— Je suis désolée. Oh, je suis tellement désolée. Si j'avais su… Je t'en veux, tu aurais dû m'expliquer. Tu n'imagines pas à quel point cela aurait changé ma vie !

À cet instant, Muriel, pour ne pas peiner davantage sa Tantine, n'évoqua aucune des galères qu'elle avait dû traverser. Elle gardait un souvenir ému de son Tonton, petit homme discret, d'une gentillesse rare. Il travaillait comme cheminot au chemin de fer départemental et était vêtu été comme hiver d'une chemise en flanelle aux fines rayures et d'un pantalon bleu de chauffe beaucoup trop grand, maintenu par de larges bretelles. À son retour du boulot, de ses gros doigts aux ongles noircis, il lui ébouriffait ses cheveux baguettes de tambour. Elle protestait pour la forme et faisait claquer les bretelles, tout en tapotant le crâne chauve. « Il te portera chance ! », assurait-il en l'encourageant à frapper plus fort.

— Pourquoi m'as-tu menti ? continua Muriel. Pourquoi m'as-tu caché sa maladie ?

— J'ai pas voulu te chagriner avec ça, répondit la vieille femme, j'aurais dû. Tu aurais compris. Il faut toujours dire la vérité aux enfants. Tu ne serais pas partie, tu serais revenue vivre auprès de moi. J'ai moi-même essayé de te rechercher. Oh, pas tout de suite, j'ai cru que tu reviendrais vite, que cette fugue ne durerait pas. Mon Georges était si malade, c'était la fin, j'étais à bout de forces. Après il était trop tard, tu étais déjà loin. Quel gâchis ! Quel gâchis !

Peu encline aux grandes effusions, Muriel se laissa submerger par l'émotion. Elle saisit les épaules de sa Tantine et l'embrassa gauchement, puis, comme prise en faute, se dégagea vite et, du bout de son index, écrasa une larme fortuite.

Pour s'occuper tête et mains, madame Péron servit le café et attrapa en haut du buffet deux boîtes en fer-blanc. De l'une d'elles, elle sortit une poignée de gâteaux humides qu'elle éparpilla sur la table et de l'autre, quelques photos jaunies.

Un portrait en noir et blanc émut particulièrement Muriel. On la découvrait bébé, blottie dans les bras de sa mère, belle femme dans son tailleur strict, droite et fière dans l'adversité. À côté d'elles, son père en costume cravate, petites lunettes rondes, cheveux gominés tirés de chaque côté de son front, air un peu sévère. Et puis à gauche, sa grande sœur de sept ans, toute mignonne avec son énorme nœud au cœur de ses bouclettes et sa robe sage. Pendant la guerre, l'espace de quelques semaines, la famille juive s'était réfugiée chez les Péron, dans une remise de leur arrière-cour que Georges avait aménagée tant bien que mal.

— Tantine, parle-moi de mes parents, s'il te plaît. Autrefois, je n'osais pas poser de questions. Je croyais qu'il suffisait d'ignorer les problèmes et le passé pour ne pas avoir à les affronter.

Sans se faire prier, tout en roulant les R, madame Péron poursuivit son histoire :

— Ton père et ta mère étaient toujours bien habillés. Lui ne quittait pas sa cravate. Il disait que si les Allemands venaient les chercher un jour, lui et sa femme feraient honneur au peuple juif. C'est ce qui est arrivé. Ils ont été dénoncés. Ce matin-là, des miliciens accompagnés de la Gestapo les ont arrêtés. Tes parents sont sortis, dignes malgré les coups de matraque et les humiliations. Sans aucune illusion sur le sort qui les attendait. À ce moment-là, je te donnais le biberon dans la cuisine. Le regard appuyé de ta mère m'a convaincue : pour te sauver, j'ai prétendu que tu étais ma nièce. Heureusement, les miliciens m'ont crue…

— Pourquoi t'ont-ils crue ? demanda Muriel. Cela ne leur ressemble pas…

— Roger, l'un d'entre eux, avait été pensionnaire chez nous. Son père se montrait extrêmement violent; il avait fallu mettre à l'abri le pauvre petit âgé d'une dizaine d'années. Il se plaisait dans notre maison. Pas méchant garçon, mais influençable et pas très futé. Dommage qu'il ait choisi la mauvaise direction; ils ont été nombreux comme lui à entrer dans la milice. Pris d'un sursaut de nostalgie, il a tout de même empêché notre arrestation…

— Et ma sœur Sarah?

— Ta sœur Sarah, ils l'ont récupérée à l'école. Pour chacune des autres rafles, mademoiselle Henriot avait été prévenue et avait chaque fois réussi à cacher les enfants dans le grenier. Mais cette fois-là, tout s'est déroulé trop vite. Devant ses camarades et leurs institutrices rassemblés au milieu de la cour, dans un silence terrifiant, si on excepte le martèlement des bottes, la jeune Sarah a rejoint ses parents dans la grande voiture noire. Personne ne les a jamais revus. Déportés sans aucun doute et morts dans un camp…

— Dans quel camp?

— Auschwitz, je pense. Ils ne sont jamais revenus. Tu es restée chez nous. Après la guerre, nous sommes officiellement devenus ta famille d'accueil. Plus facile à l'époque avec tous les orphelins à recueillir.

— Je peux garder la photo? Je n'ai aucun souvenir de mes parents.

— Oui, bien sûr, c'est la seule que je possède malheureusement. Prends-la, elle t'appartient. Et n'attends pas dix-sept ans pour revenir me voir. La prochaine fois, préviens-moi, j'essaierai de me montrer plus présentable. Heureusement que vous êtes passées, j'avais oublié que Berrrtrand devait venir regarder ma gazinière. Il ne va pas tarrder.

— C'est pas le mercredi qu'il a ses boulistes ? demanda Muriel.

— Oh oui ma petite, tu as raison, moi je suis arrivée que je confonds les jours...

Bertrand Connan, très apprécié dans la région, tenait un pittoresque café forge dans le bourg de Quemper Guézennec, le « Café Connan ». Avec l'autre bar sur les quais de Goas Vilinic, c'était un des préférés de Georges Péron. Il y retrouvait ses amis et occupait des après-midi entiers à jouer aux boules dans l'allée couverte. Des chevaux à ferrer, il y en avait de moins en moins. Mais un coup de rouge ou une bolée de cidre sous le regard de la statuette du forgeron derrière le comptoir, c'était toujours d'actualité. Bertrand rendait en prime de menus services à ses clients.

Muriel fréquentait le lieu régulièrement avec ses copains. Tous les samedis, elle enfourchait son vélo et ralliait le bourg de Quemper Guézennec. La côte très rude ne lui faisait pas peur. Au retour, elle la descendait à tombeau ouvert, jambes écartées, filait devant le bar « À l'abri des flots », passait en hurlant sous l'arche du pont de chemin de fer, évitait de justesse le lavoir, et freins en surchauffe, pilait net au bord du Trieux. Bien souvent, la culbute dans l'eau saumâtre ou dans la vase, selon l'amplitude de la marée, n'était pas loin. Sylviane la rejoignait quelquefois. Mais la jeune fille, plus réservée, n'appréciait guère ces lieux enfumés et bruyants.

— Nous allons te laisser, Tantine, décida soudain Muriel. Je reviendrai te voir.

Avant de partir, elle attrapa un verre à moutarde dans le buffet, le remplit d'eau et y plongea son bouquet de roses blanches.

Fascinées par le tableau vivant du méandre en perpétuel mouvement, au gré des marées, les deux femmes s'attardèrent sur les berges du Trieux, devant le petit port de Quemper-Guézennec au fond de l'estuaire. Devant elles, s'étendait l'îlot artificiel né de la création du barrage-déversoir et de l'écluse, prairie abandonnée aux goélands et autres oiseaux marins. Témoins d'un monde révolu, quelques canots et gabarres à l'échouage, vides depuis longtemps de leur chargement de maërl ou de goémon, gisaient sur l'herbe, bordés éventrés révélant leurs membrures squelettiques. Loin de l'époque bénie où les saumons foisonnaient dans la rivière, un carrelet esseulé déployait son grand filet.

— Quand j'étais petite, dit Muriel, des dizaines de bateaux comme celui-là sillonnaient le Trieux. Je me rappelle, je sautillais sur le chemin de halage pour les suivre. Oui, j'ai vraiment été heureuse là.

Pendant qu'elles se trouvaient à l'intérieur de la maison, l'eau avait envahi le lit envasé. Un sablier remontant la rivière en direction du bassin à flot de Pontrieux emprunta les écluses et en occupa tout l'espace. Accompagné par le ronronnement des machines, son chargement de maërl destiné à la SECMA[7] s'élevait dans le sas. Sylviane et Muriel suivirent des yeux l'hypnotique progression verticale du bâtiment des pêcheurs de sable jusqu'à ce

---

7. Société d'exploitation des calcaires marins.

que les deux vantaux de la lourde porte s'écartent et libèrent le géant prisonnier.

— J'avais oublié, soupira Muriel. C'est le plus bel endroit du monde.

Derrière sa fenêtre, la Tantine couva les jeunes femmes du regard jusqu'à ce qu'elles s'éloignent.

En rentrant vers Pontrieux, elles décidèrent de longer la rivière.

— S'il te plaît, ne roule pas trop vite ! demanda-t-elle à son amie.

Elle commença à baisser sa vitre, mais se ravisa rapidement. La route devant l'usine Négobeureuf était recouverte d'une poussière blanche qui s'élevait au passage des véhicules. Elles passèrent devant la passerelle du déversoir et son échelle à saumons.

— Tu te rappelles, dit Sylviane, c'est de là que le feu d'artifice était tiré pour le 14 juillet. On se faisait toutes belles pour le bal sur le port.

— Oui, toi surtout ! se moqua Muriel en haussant les épaules.

Après les tas de maërl de la SECMA, apparurent le four à chaux, les saules pleureurs et les premières maisons de « La Rive », sur l'autre berge. Un léger vent agitait les drapeaux et faisait claquer les drisses des voiliers amarrés au quai. Il troublait de légères ridules l'eau brillante sous les reflets du soleil déclinant et de cette lumière si particulière d'après-pluie. Muriel pencha sa tête par la vitre, ébouriffa ses cheveux et se laissa griser par l'air déjà frais de cette fin de journée et des bouffées de souvenirs. Ce chemin le long du Trieux, elle l'avait tant de fois emprunté à pied ou à vélo !

Elles arrivèrent au port de Pontrieux.

Muriel pria Sylviane de se garer devant l'imposant bateau de feu Charles Carré-Kerizel. *Ma danseuse*, amarrée au quai, ancienne vedette des Phares et Balises vendue par les Domaines. Sylviane ne put s'empêcher de lancer une remarque acerbe, cela ne lui ressemblait pas :

— Il ne s'en servait déjà pas beaucoup de son beau bateau, mais là il ne s'en servira plus du tout. Quelle folie des grandeurs ! Le plus gros moteur du port, la cabine la plus spacieuse… plus, plus, plus… ! Que des plus.

— *Ma danseuse*, drôle de nom pour un bateau.

— Une danseuse, c'est une maîtresse que l'on entretient à grands frais, déclara Sylviane d'un ton professoral.

— Merci maîtresse ! s'écria Muriel. Des danseuses, il en a possédé plus d'une alors. Endroit pittoresque et discret pour les recevoir !

Une fois par an, l'été, Carré-Kerizel conviait quelques amis de la chorale et de la fanfare, tous des notables pontriviens, à une escapade « Langouste mayonnaise » à Bréhat. LA sortie de l'année. Au retour, en attendant que la marée monte, avant de rentrer au port de Pontrieux, ils jetaient l'ancre après le pont de Lézardrieux dans le Ledano. Sur le pont en bois verni, le champagne coulait à flots, les musiciens jouaient des airs entraînants. On entendait leurs cuivres depuis les bords du Trieux. Quelquefois, Carré-Kerizel et ses amis de la chorale poussaient la chansonnette. Des chants paillards la plupart du temps, bien éloignés de leur habituel répertoire.

Sylviane enchaîna, sans transition :

— Avez-vous découvert qui l'a tué ?

— Qui te dit que ce n'est pas un accident ou un suicide ?

— Ce sont les bruits qui courent.

— Laissons courir les bruits, il sera bien assez tôt l'heure de les rattraper. L'enquête ne fait que commencer.

Agacée, Muriel s'intéressa de manière appuyée aux grosses motos garées devant le restaurant du port : des Harley-Davidson rutilantes. En particulier, la petite dernière, une 1000 XLCR toute noire. Le long des quais et le bar en face étaient le lieu de rendez-vous des motards du coin. Adolescente, fascinée par les superbes bécanes et l'assurance nonchalante de leurs propriétaires, Muriel traînait souvent dans le quartier.

— Regarde, Sylviane, ça, c'est d'la moto. Version limitée. La classe totale. Dès que j'ai du pognon, je me l'achète. Et l'barbu qui va avec.

— Hein ? Quel barbu ?

— J'rigole. Crois-moi, barbu ou pas, il est pas né celui qui m'aura.

5

La grille derrière laquelle Lagadec avait découvert le corps de Carré-Kerizel donnait sur un canal étroit qui provenait des hauteurs de Pontrieux. Cet aqueduc de petite taille à flanc de coteau conduisait les eaux mêlées des ruisseaux de Kergozou et des Sept Fontaines jusqu'au Trieux, peu avant le pont Saint-Yves.

Beaucoup de Pontriviens en ignoraient l'existence. En effet, après avoir traversé à ciel ouvert les jardins des maisons bordant la rue des Fontaines, les flots se faufilaient jusque sous l'église par un passage voûté en pierres, invisible de la route.

Les gendarmes sondèrent le canal à partir de la grille. Non loin de l'endroit où avait été découvert le corps, ils trouvèrent une sorte de pistolet-mitrailleur. Plus tard, plusieurs membres de l'amicale des résistants appelés en témoin déclareraient que cette arme provenait certainement d'un container largué vers la fin de la guerre et resté manquant malgré les recherches des maquisards toute la nuit. Un Sten, arme emblématique de la Résistance, largement parachuté par les Britanniques, destiné principalement aux opérations de sabotage des réseaux d'action. L'annonce de sa découverte ferait grand bruit à Pontrieux.

Ensuite, les gendarmes remontèrent le canal jusqu'à la côte des Fontaines et, au milieu des débris de branchages, mirent la main sur toutes sortes d'objets hétéroclites, une vraie poubelle : des bouteilles, un rasoir sabre, divers vêtements… Ils trouvèrent même un postiche, ce qui en fit rire certains, surtout Marcel Mérieux, surnommé « L'humoriste », jamais le dernier pour les bonnes grosses blagues bien grasses. Il esquissa le geste, vite réprimé devant le regard furibond de l'adjudant, de planter la perruque sur son crâne chauve. Muriel l'aimait bien celui-là, malgré ses plaisanteries en dessous de la ceinture.

Et enfin, dans la côte des Fontaines, à l'aplomb d'un garde-corps en fer forgé flanqué d'un pilier de briques rouges, les gendarmes découvrirent, coincé dans la végétation, un étui à cigarettes de luxe marqué aux initiales de Charles Carré-Kerizel. La victime avait bien basculé là, par-dessus le parapet, et les eaux du canal avaient emporté son cadavre jusque sous l'église. De toute évidence, elle avait été frappée puis poussée. Pas de traces de sang au sol, mais les fortes pluies les auraient effacées de toute façon. Étant donné la hauteur du parapet, un accident était peu probable. Le profil et les ambitions électorales de Carré-Kerizel écartaient la thèse du suicide. Il s'agissait bien d'un meurtre. Dupuy, en sa qualité d'officier de police judiciaire, réclama une autopsie. Le procureur de la République accepta sa requête et émit l'hypothèse que la présence du Sten, vu son état de conservation, avait un rapport avec la mort de Carré-Kerizel. Mais il laisserait à l'adjudant-chef toute latitude pour mener son enquête comme il l'entendait.

Le témoignage de Christine Carré-Kerizel se révélait plus intéressant aux yeux du chef Dupuy. Elle avait mentionné qu'avant le drame, Bonaventure Lagadec et son mari avaient eu une altercation assez violente. Charles Carré-Kerizel, conseiller municipal très influent, en passe de devenir maire, envisageait de proposer un autre fossoyeur et, outrepassant ses fonctions, de l'évincer de son emploi de bedeau. Il avait avancé, outre le penchant de Lagadec pour la boisson, le passé de sa mère, de mœurs légères d'après lui, passé incompatible avec le titre respectable de bedeau et qui plus est de suisse d'église. Toute la vie de Bonaventure s'écroulait. Lui, si placide d'ordinaire, était littéralement sorti de ses gonds et aurait même esquissé le geste de frapper Charles Carré-Kerizel. Un membre de la chorale l'en aurait empêché à temps. Lagadec aurait également été aperçu la nuit du meurtre, veille du pardon, rôder à proximité du garde-corps donnant sur le canal.

À la lumière de ces révélations, le bedeau fut donc interrogé sans relâche des heures durant. Muriel tapa la déposition.

— Monsieur Lagadec, nous allons reprendre cet entretien là où nous l'avions laissé l'autre jour ! déclara l'adjudant-chef Dupuy. Cette fois, vous ne pourrez pas vous dérober. L'heure est grave, vous êtes soupçonné de meurtre. Il est temps de nous dire tout ce que vous savez. On vous a aperçu ce soir-là à proximité du lieu du crime. Je vous repose donc la question : quelle était la raison de votre présence la veille du pardon, à côté de ce garde-corps, en bas de la côte des Fontaines ?

— Oui, euh… vendredi, je retournais chez moi par le chemin…

— Soyez précis, quel chemin ?

— *Grav Stivellou* [8]. Il part du parking, ici, en dessous la gendarmerie.

— Ah oui, celui-là ? J'en ignorais le nom.

— Il n'en a pas. Ce sont les gens du quartier qui l'ont appelé ainsi. Il court sur les hauteurs jusqu'à la côte des Fontaines. J'aime flâner par là à la tombée de la nuit, c'est désert, silencieux. L'endroit bénéficie d'une vue extraordinaire sur les toits de Pontrieux et le clocher de l'église de Notre-Dame-des-Fontaines. Donc, vendredi soir, je rentrais en prenant mon temps, quand derrière moi j'ai senti une présence. Je me suis plaqué contre le haut mur pour laisser passer monsieur Carré-Kerizel qui m'a presque bousculé et ne s'est pas du tout occupé de moi. Il semblait très pressé, portait un long imperméable et, dessous, serrait quelque chose sous son bras…

— L'avez-vous suivi ?

— Le suivre ? Vous plaisantez ?

— Jamais…

— Excusez-moi. Pourquoi l'aurais-je suivi ? reprit le bedeau. Je n'avais aucune raison d'agir de la sorte. Il

---

8. Côte des sources.

pleuvait fort à ce moment-là et le tonnerre grondait. Le ciel était zébré d'éclairs. J'ai horreur de l'orage. J'ai ouvert le portillon d'une des sept fontaines. Celle située à l'emplacement de l'ancienne église de Notre-Dame-des-Fontaines. Je me suis calé derrière ; je ne suis pas bien grand, comme vous pouvez le constater.

L'adjudant-chef esquissa un sourire vite refréné. Lagadec poursuivit :

— Un peu plus tard, une autre personne est arrivée. Je l'ai observée à travers les interstices du bois. Elle marchait tête baissée, capuche sur les yeux. J'ai eu l'impression qu'elle suivait Kerizel.

— Vous avez reconnu cette personne ?

— Non, il faisait presque nuit.

— Un homme ? Une femme ?

— Je ne sais pas. De corpulence assez mince en tout cas, et pas beaucoup plus grand que moi…

— Qu'avez-vous fait ensuite ? demanda l'adjudant-chef.

— J'ai attendu un petit moment que l'orage se calme. Mais comme le niveau de l'eau s'élevait, je commençais à sentir mes pieds vraiment bien trempés ! Alors je me suis décidé à repartir, j'avais juste envie de rentrer chez moi. En arrivant côte des Fontaines, j'ai bifurqué à droite et remonté la rue. J'habite pas loin du cimetière.

— Connaissez-vous la raison de la présence de Carré-Kerizel et de cette autre personne dans le sentier ?

— Au début, j'ai pensé à un rendez-vous galant. Beaucoup de rencontres se déroulent là-bas et à côté du cimetière. Je suis bien placé pour le dire, je les observe de derrière mes rideaux.

— Ah, voyeur avec ça ! Mais c'est intéressant… Avez-vous déjà aperçu monsieur Carré-Kerizel de votre fenêtre ?

Sourire pincé aux lèvres, le bedeau toussota d'un air entendu. Il se redressa et un instant reprit un peu de sa superbe.

— Si je peux me permettre, monsieur l'adjudant-chef, monsieur Carré-Kerizel est… un homme à femmes.

— Je veux des noms.

— Je ne peux rien dire. Je pense à quelques dames de la chorale entre autres.

— J'insiste. Inscrivez leurs noms sur cette feuille.

— Je ne souhaite pas que l'on sache que c'est moi qui…

— Nous ferons notre possible, mais je ne peux pas vous le garantir.

Le chef Dupuy lui tendit le bloc-notes estampillé « *Grapillru*[9] ». Tout en frisottant sa moustache gauche entre le pouce et l'index, Bonaventure Lagadec n'hésita plus beaucoup. Langue tirée à l'extrême, il s'appliqua à y lister les conquêtes de Charles Carré-Kerizel. Cela prit un certain temps.

L'adjudant-chef poursuivit :

— Vous me disiez que vous aviez pensé au début que c'était un rendez-vous galant ? Mais ensuite ?

— Ensuite, je me suis souvenu qu'une répétition de la chorale était prévue à l'église Notre-Dame-des-Fontaines et que Carré-Kerizel y allait forcément. Il n'en manquait aucune.

— En l'occurrence, il ne s'y est jamais rendu. Et ce n'était pas sa route.

---

9. Marque de « gros rouge », assemblage local de vins de diverses origines.

— Chaque vendredi, avant la répétition, il retrouvait ses amis au cercle « La Tour d'Auvergne », dans une dépendance de la maison d'un de ses amis, un peu plus haut sur la route.

— Quel ami ?

— Anselme Allainmat, un ancien coiffeur.

— Où habite cet Anselme Allainmat ?

— Il habite en bas de la côte des Fontaines, à côté du parapet qui donne sur le canal. Enfin, il habitait, car il est décédé à la fin de la guerre. Mais sa femme a laissé la jouissance de la dépendance aux membres du Cercle.

— Qui avez-vous croisé ce soir-là ?

— Je ne me rappelle pas…

— Vous êtes l'avant-dernière personne à avoir aperçu la victime vivante. La dernière, si vous êtes vous-même le tueur.

— Je ne vois pas pourquoi je vous aurais raconté tout ça si j'étais le meurtrier.

— Tactique pour détourner l'attention sur quelqu'un d'autre ? Cet individu encapuchonné me semble bien sorti de votre imagination.

— Je vous jure que…

— Ne jurez pas, réservez ça pour le tribunal.

— Excusez-moi.

— Ce sera tout pour aujourd'hui, soupira le chef Dupuy, excédé. Nous allons vous garder un peu en cellule, le temps de vérifier toutes ces informations.

Ce soir-là, Muriel avait mieux à faire que de visionner son feuilleton préféré. Une enquête bien réelle l'attendait. « Huggy les bons tuyaux »[10] n'étant pas disponible, elle devait prendre les affaires

10. Personnage mythique de la série Starsky et Hutch.

en main. Pieds nus, elle sortit dans le couloir et risqua un œil à droite, à gauche. À droite surtout, en direction de la chambre d'Éric Le Bec, cette fouine malveillante déguisée en gendarme. Rien à signaler. Elle descendit l'escalier. Les appartements et la gendarmerie communiquaient par une petite porte connue d'eux seuls, permettant aux militaires de regagner les locaux sans passer par l'extérieur. Pile électrique au poing, Muriel pénétra dans l'antre réservé de l'adjudant-chef, s'empara d'une clé dans le tiroir du bureau et ouvrit l'armoire aux indices.

Avec délectation, elle sortit une à une les pièces à conviction enfermées dans des sacs plastiques et examina attentivement le pistolet Sten remarquablement conservé, le rasoir sabre rouillé, les vêtements souillés, le fameux postiche… Muriel se fit la réflexion que l'état de l'arme suggérait qu'elle avait séjourné peu de temps dans le canal et que par conséquent, elle avait un lien avec la mort de Carré-Kerizel. Ce n'était pas le cas pour le rasoir présent dans le canal depuis beaucoup plus longtemps.

Le dossier de l'enquête, déjà conséquent, était posé sur l'étagère la plus basse. Muriel, excitation à son paroxysme, saisit le rapport d'autopsie, le feuilleta rapidement comme en flagrant délit de curiosité malsaine, y replongea et, sans remords, le parcourut goulûment. Elle rêvait d'assister un jour à cette scène de meurtre légal post-mortem et, au-delà des termes inscrits par le médecin légiste « *Hématome à l'arrière du crâne… plaie profonde… annulaire à demi arraché… doigts entaillés… hémorragie ayant entraîné la mort…* », imaginait avec une jouissance assumée le gros Charles Carré-Kerizel allongé sur la table froide, nu, sexe et tripes à l'air, à la merci du scalpel.

Le rapport confirmait le jour et l'heure du décès ; le vendredi, veille du pardon, entre vingt heures et vingt-deux heures. Impossible de savoir si l'hématome et la plaie étaient la conséquence d'un coup porté avant que la victime ne tombe ou de la chute. Du sang avait été retrouvé sur des pierres au bord du canal ; il pouvait provenir des doigts de Carré-Kerizel. Pour une raison inconnue, il avait basculé par-dessus le garde-corps situé en bas de la côte des Fontaines, avait tenté de se rattraper aux pierres, mais avait succombé à une hémorragie interne. Les fortes pluies avaient entraîné son cadavre jusque sous l'église.

Tout en surveillant la porte, Muriel, main tremblante, examina les quelques photographies prises le jour de la découverte du corps et de l'exploration du canal. Elle parcourut feuillet après feuillet le double du rapport envoyé au procureur et se forgea l'intime conviction que le pauvre Bonaventure représentait le coupable idéal et que sa condamnation arrangerait pas mal de monde à Pontrieux.

À la relecture du compte-rendu de l'audition de certains résistants, un détail attira son attention : un officier allemand avait été exécuté la veille de la procession de Notre-Dame-des-Fontaines. Rien d'inhabituel pour l'époque, mais Muriel se rappela soudain que lors de son premier interrogatoire, Lagadec avait évoqué d'autres décès advenus pendant les fêtes du pardon. L'adjudant-chef n'avait pas relevé l'information ; elle s'en était étonnée. Le bedeau parlait-il de l'officier allemand ? Cela valait le coup de vérifier tout cela. S'agissait-il d'un meurtre rituel ? Muriel se dit que son intuition et ses talents de détective ne seraient pas de trop pour résoudre cette affaire.

Un bruit de pas se fit entendre. En toute hâte, l'enquêtrice en herbe remit tout en place dans l'armoire, glissa la clé dans le tiroir, et, cœur battant la chamade, se cacha sous le bureau.

L'adjudant-chef entra par la petite porte. Il habitait un des appartements au-dessus de la gendarmerie. Le plus spacieux. Au grand dam de son épouse, il s'était toujours refusé à acheter une maison à Pontrieux. Pour demeurer au plus près de ses hommes, qu'il disait, et se tenir au service de la population en toutes circonstances.

Dupuy se dirigea vers son bureau, sortit une fiole du tiroir, en avala le contenu cul sec, puis attrapa un paquet de cigarettes, en alluma une, entrouvrit la fenêtre et aspira goulûment des bouffées mentholées. Ce grand homme irréprochable buvait et fumait en cachette de sa femme. Muriel en éprouva une toute nouvelle bienveillance envers son supérieur. Ainsi, personne n'était ni tout blanc, ni tout noir, ni totalement parfait, et c'était bien rassurant. Elle-même était fumeuse, mais préférait les roulées. Moins chères, plus authentiques.

L'adjudant-chef finit par ressortir et Muriel put s'extirper de sa cachette et regagner son appartement. Elle prit la décision d'aller dès le surlendemain, son jour de congé, au siège de *L'Argoat républicain* à Guingamp pour consulter de vieux journaux aux Archives. Tirant profit de son privilège d'assistante téléphonique, elle prit rendez-vous.

Son objectif: chercher d'autres décès suspects qui auraient eu lieu pendant la période du pardon. Avec délectation, elle s'imaginait déjà mettre en avant son statut de pseudo-gendarme pour appuyer sa demande.

6

Muriel projetait d'aller à Guingamp en train, à bord de la micheline de son enfance avec laquelle, gamine, elle avait rendez-vous plusieurs fois par jour dans son jardin de Goas Vilinic. Elle l'entendait corner bien avant de la voir apparaître, géant de fer au-dessus de sa tête, et ne manquait jamais de répondre aux sourires et saluts amicaux des passagers, par des signes de la main… Ou d'affreuses grimaces, selon l'humeur.

Adolescente, elle effectuait tous ses tours à bord de la Picasso[11] rouge et blanche à la cabine de chauffe haut perchée sur le toit. Elle marchait sur les berges de Goas Vilinic jusqu'à la gare de Pontrieux, montait dans la micheline et partait, comme ça, au hasard, dans l'espoir de digérer ses idées noires.

---

11. Série d'autorails X3800 mis en service après la seconde Guerre mondiale, surnommée « Picasso » par les cheminots en raison de sa cabine de conduite excentrée et surélevée qui fait penser aux tableaux de visages peints par Pablo Picasso dans lesquels les yeux et le nez étaient décalés.

C'était aussi une occasion d'apercevoir son Tonton au travail le long de la voie et, main ouverte, de lui envoyer un bisou volant, le seul qu'elle s'autorisait, elle qui esquivait avec adresse embrassades et autres manifestations d'affection.

Muriel s'arrêtait quand cela lui chantait : les haltes sur le parcours de l'autorail, Frynaudour, Traou Nez, Lancerf, plus pittoresques les unes que les autres, offraient de nombreuses possibilités. Bercée par le balancement de la machine surplombant l'abîme, nez collé contre la vitre embuée, perdue dans la contemplation de la vallée du Trieux et de ses berges envasées, elle laissait défiler ses pensées saccadées. Ces voyages solitaires l'apaisaient.

Malheureusement, le siège de *L'Argoat républicain* était trop éloigné de la gare de Guingamp. Délaissant à contrecœur son moyen de transport favori, Muriel pria Sylviane de l'emmener en voiture. Sylviane accepta volontiers, le vendredi se trouvant être également son jour de repos.

Bien enfoncées au fond des banquettes en cuir de la vieille DS, les deux amies papotèrent tout au long du trajet.

— Sylviane, je ne t'ai pas demandé en quoi consistait ton travail.

— Eh bien, tu le sais sans doute, Pontrieux a été le siège d'une cartonnerie industrielle. Elle a fermé il y a quelques années. Plus rentable. C'était pourtant la plus importante entreprise du secteur : plus de deux cents personnes. Elle a dû faire face à la concurrence du plastique.

— Non, je l'ignorais.

— La ville de Pontrieux aimerait la transformer en musée. Et c'est ma mission d'étudier le projet. Son intérêt, sa faisabilité…

Muriel se mit à rire :

— Sacrée mission !

— Ne te moque pas.

— Chacune son truc, tenta de se rattraper Muriel. Ça manque un peu d'adrénaline, mais ce doit être passionnant.

— Si on pouvait empêcher que les bâtiments soient démolis, ce serait déjà bien. C'est vraiment immense, je n'ai pas encore eu le temps de tout explorer. Bon, où va-t-on ?

— Chauffeur, en route pour Guingamp, siou plaît. *L'Argoat Républicain.*

— Ah oui ? C'est une mission que t'a confiée l'adjudant-chef ?

— T'es folle ! Je fais mes propres recherches, avant que l'affaire soit bouclée. Ils n'exploitent pas tous les indices. Ils détiennent un coupable et ça leur suffit.

— Qui donc est leur coupable ? demanda Sylviane.

— Te voilà bien curieuse avec toutes tes questions.

— Je m'intéresse, c'est tout.

— Comme je te l'ai déjà dit l'autre jour, il m'est interdit de révéler quoi que ce soit de l'enquête.

— D'accord. Je suis juste bonne à faire le taxi si j'ai bien compris.

Sylviane détourna la tête, feignit d'être complètement absorbée par la route et, en mode boudeuse, ne prononça plus un seul mot jusqu'à Guingamp. Muriel se radoucit :

— Écoute, accompagne-moi si tu veux.

Sylviane s'arrêta devant *L'Argoat Républicain*. Pendant qu'elle partait à la recherche d'une place de stationnement, Muriel s'engouffra à l'intérieur du bâtiment. Une femme de son âge l'accueillit et la conduisit dans une petite pièce attenante où l'attendait une pile impressionnante de journaux.

— Voilà, Madame, comme convenu au téléphone, je vous ai sorti les hebdomadaires des dernières semaines de juillet et les premières d'août de 1960 à nos jours, classés dans l'ordre chronologique.

Muriel n'eut pas besoin de présenter sa carte de la gendarmerie. Elle en fut quelque peu désappointée.

Sylviane pénétra à son tour dans les locaux et s'exclama :

— Julie ? Non…

— Attends… Sylviane ! Rennes, Lettres sup ! Qu'est-ce que tu fais là ?

— J'accompagne une amie. Elle vient de rentrer.

— Ah oui. Je l'ai installée à côté. Tu vois, Sylviane, j'ai dégoté ce travail à l'accueil. Je voulais être journaliste, c'est un bon début.

Elles s'embrassèrent et commencèrent à discuter. La dénommée Julie parlait très fort, d'une voix haut perchée qui indisposa Muriel. Debout dans le chambranle de la porte, l'apprentie gendarme tenta d'attirer l'attention : haussement de sourcils, raclement de gorge, grincement de poignée, balancement de mèches de gauche et de droite, soupirs… Rien n'y fit. Elle finit par s'écrier, plus fort qu'elle ne l'aurait souhaité :

— Vous n'auriez pas les journaux d'avant 1960, s'il vous plaît ?

Les deux femmes sursautèrent et deux têtes virèrent de concert.

— Oh, pardon, Madame. Notre hebdomadaire a changé de nom début 1966. Il s'appelait auparavant *L'Éveil d'Argoat*.

— Ah, est-ce possible de consulter également les journaux de cette édition ?

— Je vais faire une exception pour vous.

Elle envoya un clin d'œil à Sylviane :

— Enfin, surtout pour Vivi…

Elles pouffèrent de rire. Ces gloussements féminins exaspéraient Muriel. Julie se reprit :

— On en a conservé un exemplaire de chaque. Je vais vous les apporter.

— Merci.

Muriel lorgna Sylviane, et, sourire goguenard, lança :

— Bon, Vivi, on s'y met ?

Son amie haussa les épaules.

— Tu ne m'as pas dit ce qu'il fallait chercher.

— Des articles relatant des découvertes de corps, de meurtres pendant, ou la veille du pardon.

Le visage de Sylviane vira du rose pâle au carrément blafard.

— Qu'est-ce qui t'arrive, Sylviane ? C'est le mot « meurtre » qui te met la cervelle à l'envers ?

— Excuse-moi, ça va aller.

— T'es sûre ? On se partage le tas. Repère tous les articles intéressants, s'te plaît.

Sylviane avala péniblement sa salive et s'approcha de la table. Muriel lui tendit des journaux. Julie apporta une pile supplémentaire pour les années d'avant 1960, de fin et d'après-guerre.

Sylviane s'en saisit la première.

— Je vais démarrer par ceux-là.

— Si tu veux, s'étonna Muriel.

L'atmosphère, juste troublée par le froissement du papier, se fit studieuse. Soudain, Muriel perçut un léger bruit sourd et observa Sylviane se pencher à terre et entamer un duel avec la fermeture éclair coincée dans la doublure de sa besace.

— Tu as un problème ? Tu veux que je t'aide ? proposa Muriel.

Elle se leva et tenta de saisir le sac. Sylviane le lui arracha, un peu brutalement, et bredouilla :

— Non, non, non… ça va.

Deux heures plus tard, elles dressèrent le bilan de leurs découvertes. Chacune avait mis de côté un seul hebdomadaire : Sylviane un de juillet 1945 et Muriel de juillet 1973. Muriel griffonna quelques notes.

Un article de juillet 1945 relatait qu'un coiffeur, Anselme Allainmat, avait été retrouvé dans l'eau, profonde entaille au front, sous le garde-corps, en bas de la côte des Fontaines. L'enquête avait conclu à un accident. La victime, fortement alcoolisée après avoir fêté le premier anniversaire de la Libération, aurait perdu l'équilibre, basculé par-dessus le parapet et se serait heurtée la tête sur les cailloux.

Celui de juillet 1973 mentionnait qu'un certain Bernard Brigand s'était noyé dans le Trieux devant le lavoir du Salbatar. Il n'aurait pas supporté sa mise à la retraite prématurée lors de la fermeture de la cartonnerie et se serait jeté à l'eau ; il ne savait pas nager. L'enquête avait conclu à un suicide.

Muriel nota des similitudes troublantes : Allainmat avait basculé précisément au même endroit que Carré-Kerizel et Brigand avait été cadre de la cartonnerie comme lui.

Exténuées, les deux détectives improvisées rentrèrent à Pontrieux, chacune dans son logis, et promirent de se revoir bientôt. Muriel prépara fébrilement sa déclaration pour le lendemain.

*

De bon matin, pendant que Sylviane rendait visite à son ancienne institutrice bien malade, Muriel, notes à la main, attendait Martin Dupuy devant son bureau.

— Adjudant-chef, je peux vous parler ?

— Me parler ? répondit-il intrigué. Entrez. Asseyez-vous.

Muriel demeura debout pour se donner du courage et garder de la hauteur. S'installer sur cette chaise assez basse lui ferait perdre ses moyens. Croyant qu'elle venait l'entretenir à propos d'une déposition, l'adjudant fut décontenancé au début de l'exposé, mais cela ne dura pas. L'expérience lui avait enseigné à rester impassible, à ne pas dévoiler ses émotions, afin que les suspects ne tirent parti de la faille.

— Ainsi, mademoiselle, vous menez votre petite enquête parallèle. Je devrais vous infliger un blâme.

— M'auriez-vous donné l'autorisation si je vous avais prévenu ?

Muriel regretta immédiatement son insolence. Le chef Dupuy ne releva pas l'affront, mais gratta cet endroit précis de son crâne où les cheveux poivre et sel commençaient à manquer, chaussa ses lunettes rondes en écaille, sa seule touche d'originalité, et, dubitatif, parcourut les notes écrites par Muriel.

— Troublant. Vraiment troublant. Bernard Brigand, ancien employé de la cartonnerie, comme Charles Carré-Kerizel. Anselme Allainmat, lui, était coiffeur. Peut-être une affaire différente ? Tous morts presque au même endroit, le même jour. Écoutez, je vous charge de récupérer ces deux journaux au siège de *L'Argoat* et nous allons reprendre l'enquête sous ce nouvel éclairage.

Muriel se sentit défaillir : elle n'avait pas eu droit aux félicitations, mais une mission lui était confiée, comme à un vrai gendarme ! Elle s'y employa le matin même. Éric Le Bec conduirait la voiture. Dans le dos de son chef, il grogna une sorte de galimatias. Une fois les injures écartées, on pouvait le traduire ainsi : « Mon métier n'est pas chauffeur de dames. » Il se départit de sa superbe une fois qu'ils furent partis, brûla un stop et quelques priorités. La présence de Muriel à ses côtés semblait lui faire perdre tous ses moyens. Elle s'en étonna et hésita entre trouble et jubilation.

L'après-midi, les femmes des trois victimes furent appelées à témoigner. Les questions porteraient sur les points communs entre les trois hommes, à savoir leur lien avec la cartonnerie, le lieu de leur décès et le pardon de Notre-Dame-des-Fontaines.

Christine Carré-Kerizel, interrogée la première, confia aux gendarmes que la veille de sa mort, son mari avait reçu un courrier qui l'avait perturbé. Elle ignorait la nature de son contenu jusqu'à ce que, le lendemain du drame, elle découvre l'enveloppe sur son bureau. Christine n'avait pas la permission de pénétrer dans l'antre réservé à son époux. Après sa disparition, avec une délectation coupable, elle avait fouillé l'endroit interdit.

Elle tendit la lettre au chef Dupuy :

— Je l'ai emportée avec moi pour vous la montrer. J'ai pensé que c'était peut-être important.

L'adjudant examina d'abord l'enveloppe : pas d'adresse ni d'oblitération. Ensuite, il en sortit une carte, la posa sous sa lampe de bureau et la décrivit en détail à haute voix.

— Voyons… Elle vient des studios Binet, Saint-Brieuc. Notre-Dame-des-Fontaines, à la tête ceinte d'une couronne, se tient debout sur une boule infestée de serpents. Elle porte l'enfant et deux autres angelots se serrent contre elle à ses pieds. Sous la Madone, on peut lire une inscription un peu effacée : « *Notre-Dame-des-Fontaines Priez pour nous Pontrieux C du N* »[12]. À l'arrière, rien, aucune menace, aucune indication. Dommage, une analyse graphologique nous aurait peut-être permis de remonter jusqu'à l'auteur. Bon, un indice de plus.

Il posa la carte sur le coin de son bureau. L'interrogatoire se poursuivit. Air las, Christine Carré-Kerizel se dandinait d'impatience, fesse à gauche, fesse à droite, sur la chaise trop étroite. Tout en épongeant son front perlé de sueur à l'aide d'un minuscule carré de tissu brodé, elle répondait brièvement aux questions. Muriel la trouva peu curieuse des avancées de l'enquête.

Les deux autres épouses subirent la même épreuve. Pommettes en feu, Bérengère, la femme de Bernard Brigand, ancien cadre de la cartonnerie,

---

12. C du N : Côtes-du-Nord – ancien nom du département des Côtes d'Armor.

fronça son nez aquilin en apercevant le fameux carton sur le bureau de l'adjudant-chef :

— Mon mari a reçu la même la veille de son décès ! Je m'en souviens à présent. Cela nous avait intrigués, mais nous avions autre chose à penser à l'époque. L'entreprise avait fermé et Bernard était accablé. Ce travail, c'était toute sa vie. Il n'a pas supporté sa mise forcée à la retraite. J'ai cherché cette lettre après son suicide, mais impossible de la retrouver.

Albertine, toute petite femme nerveuse, épouse de feu Alphonse Allainmat, tenait seule le salon de coiffure à Pontrieux, repris en main au décès de son mari à la fin de la guerre. La faire-valoir du coiffeur s'était métamorphosée en patronne. Elle reconnut la carte elle aussi. L'affaire datait, mais elle n'avait pas oublié ce détail. Son conjoint l'avait déchirée devant ses yeux et en avait jeté un à un les morceaux dans le poêle. Albertine s'était toujours demandé pourquoi il avait agi ainsi. Tant de haine pour un simple bout de carton ! Qui était donc ce mystérieux corbeau ? Cependant, elle affirma ne pas avoir établi de lien avec l'accident de son mari par-dessus le parapet de la côte des Fontaines le lendemain soir.

Les trois veuves sortirent de la gendarmerie. Chacun derrière sa fenêtre aux petits carreaux, Muriel et Éric Le Bec les observaient. Grands gestes à l'appui, elles s'en furent bras dessus, bras dessous, Christine entre Bérengère et Albertine, les portant presque, en direction du parking, et montèrent dans la même voiture. Christine Carré-Kerizel prit le volant, démarra sur des chapeaux de roues et fit crisser le gravier.

— Départ en fanfare du clan des veuves joyeuses! s'esclaffa le jeune gendarme.

— Ou des serial killeuses, au choix, ajouta Muriel.

Une fois n'est pas coutume, elle se trouvait en phase avec Le Bec. Elle aussi s'amusait de la scène, mais ne pouvait pas s'empêcher de comprendre et d'excuser ces femmes délivrées du joug de leurs maîtres.

— Tout le monde dans mon bureau!

L'adjudant-chef interrompit le bref instant de complicité. Rassemblement des gendarmes. Bilan des interrogatoires. Le mode opératoire et l'époque des trois affaires différaient; les lieux étaient proches, mais pas tout à fait les mêmes. Un expert appelé en renfort affirma que le crime rituel était donc à exclure et qu'on ne pouvait pas non plus parler de meurtres en série. L'histoire du courrier reçu la veille de leur mort par les trois hommes constituait cependant un élément troublant.

Le presbytère où répétait la chorale, et la cartonnerie, points communs entre Brigand et Carré-Kerizel, ainsi que les domiciles des victimes, seraient perquisitionnés. Avec une certaine mauvaise foi, le chef Dupuy reprocha à ses subordonnés de ne pas y avoir songé auparavant.

Faute de preuve, Bonaventure Lagadec fut relâché et simplement assigné à résidence en attendant les avancées de l'enquête.

7

À sa grande satisfaction, Muriel fut autorisée à participer à la perquisition de la cartonnerie. Les gendarmes parvinrent devant les imposants bâtiments forts de leurs pierres de grès, de granit et de brique, abandonnés, mais taillés pour durer malgré tout. Sylviane les attendait ; elle leur servirait de guide. Tout à son rôle de « presque gendarme », Muriel la salua froidement ; Sylviane en fut surprise. Que lui reprochait son amie ? Avait-elle pris la grosse tête ?

Dans la cartonnerie, véritable labyrinthe, le grincement des tôles et le claquement des portes indiquaient à tort que l'usine de l'autre côté de la rue était encore en activité. Au cœur de ce cimetière industriel marqué par la rouille, Muriel ressentit, malgré elle, un malaise diffus. Une sorte de sentiment morbide sur fond de chant du cygne enroué aux sonorités métalliques. Les gendarmes déambulèrent de salle en salle, enjambèrent de nombreuses caisses et débris jonchant le sol, enfin s'attardèrent dans les bureaux autrefois occupés par les victimes et les fouillèrent de fond en comble.

L'exploration de celui de Charles Carré-Kerizel ne donna rien, il avait débarrassé toutes ses affaires. Le cortège arriva devant la porte d'une dernière pièce bouclée à double tour.

— Ouvrez donc cette porte! ordonna l'adjudant-chef.

— Nous ne possédons pas la clé, s'excusa Sylviane. C'était le bureau de Bernard Brigand. Il occupait un poste important dans l'entreprise. Il est décédé au lendemain de la fermeture de l'usine. Il venait de fêter sa retraite, comme Charles Carré-Kerizel. Il n'a pas eu le temps de récupérer ses affaires et personne ne s'en est chargé à sa place. D'ailleurs, tout le monde ignore où se trouve cette clé.

— Je me souviens de la cérémonie et de cette remise de décorations, tout le gratin était présent! s'exclama Mérieux. Les deux cadres de la cartonnerie devaient recevoir la médaille du travail. Carré-Kerizel, lui, avait eu le privilège d'obtenir en plus la Légion d'honneur. Un ministre en personne devait la lui décerner. Nous avons sécurisé tout le quartier. Que d'la haute. Il y avait aussi mademoiselle… Oh, comment s'appelle-t-elle déjà? Ça va me revenir.

— Eh bien, quand vous aurez fini de dresser la liste de tous les invités de cette cérémonie, vous vous déciderez bien à ouvrir cette porte! s'impatienta l'adjudant. On ne va tout de même pas passer par la fenêtre.

— Vu la hauteur de la bâtisse, je... j'y cours! claironna Marcel en se dirigeant vers la sortie.

— Gendarme Mérieux, épargnez-nous vos facéties, soupira le chef Dupuy, amusé malgré tout.

— Bon, oui, chaud devant!

Deux fois, trois fois, Marcel fonça, tête de bélier, coudes et force de ses cent kilos en avant. La porte ne résista pas longtemps.

— Les grands moyens... Pas très académique, mais efficace, reconnut l'adjudant-chef.

Ils entrèrent. La pièce, étonnamment bien rangée, à l'inverse du reste de l'usine, était demeurée telle que l'avait laissée Bernard Brigand, homme manifestement méticuleux. Les étagères étaient garnies de dossiers aux titres soigneusement calligraphiés avec l'écriture ronde typique de l'époque.

Seule entorse à l'ordre ambiant: une valise défoncée en carton au-dessus de l'armoire. Petit signe de tête de l'adjudant à Muriel; Marcel l'aida à la descendre. À genoux, Muriel l'ouvrit. En guise de mission, elle aurait espéré mieux, mais tout était bon à prendre. Déception: la valise était remplie d'échantillons de la production de la cartonnerie: almanachs postaux, carnets de papier à cigarette OCB des papeteries de l'Odet, quelques tickets de métro métropolitain de 2e classe...

— Que font là ces tickets de métro? demanda l'adjudant tout en se grattant le crâne.

— Pas étonnant, expliqua Sylviane, c'est la cartonnerie qui a fourni le carton pour les premiers tickets du métro parisien vers 1900. L'usine a dû en recevoir quelques-uns et monsieur Brigand en aura mis de côté.

— Pourquoi cette valise se trouvait-elle dans son bureau ?

— À ses débuts, la cartonnerie a fourni du carton pour fabriquer des valises. Monsieur Brigand désirait sans doute conserver quelques souvenirs des années florissantes de l'entreprise, tickets de métro ou autres ? suggéra Sylviane. Ou peut-être était-il chargé de le faire ?

Les gendarmes, bredouilles, s'apprêtaient à quitter la pièce quand Muriel les interpella :

— Attendez…

Elle renversa le contenu de la valise à terre. Tout au fond, se cachaient des cartes postales de Notre-Dame-des-Fontaines.

— Ce sont les mêmes que celles reçues par les victimes la veille de leur mort, remarqua Muriel.

— Félicitations, Muriel, concéda l'adjudant. Bonne constatation.

Muriel en rosit de satisfaction. Sylviane la félicita du regard.

Son amie détourna la tête et souffla sur sa mèche rebelle.

— Notre-Dame-des-Fontaines, la chorale… réfléchit Dupuy à voix haute. Les trois victimes en faisaient partie. Bon, à vérifier, nous allons convoquer les membres de cette chorale dès demain.

Précédés de Sylviane, les gendarmes s'engouffrèrent dans le couloir. Le Bec désigna du doigt à Muriel le tas d'objets hétéroclites jonchant le sol.

— Ma poulette, tu nous replaces tout ça dans la valise et tu l'apportes au poste. Ça devrait être à ta portée ?

— À vos ordres, Roméo.

Dans le mille. Roméo, son second prénom qu'il détestait, son talon d'Achille. Il ne pipa plus mot et rattrapa le reste du groupe.

Muriel, satisfaite de sa repartie, se mit en œuvre de refourrer en vrac tickets, cartes postales, etc. dans le carton et, ce faisant, remarqua une inscription raturée derrière l'une d'entre elles. Elle étouffa un cri et porta la main à sa gorge pour refréner l'angoisse sourde qui l'envahissait soudain. Elle lut et relut les mots qu'elle était parvenue à déchiffrer : « *famille… Juifs… chez les Péron* ». Un brouillon de dénonciation de ses parents.

Muriel avait reconnu l'écriture ronde de Brigand, présente sur la tranche de tous les dossiers. Aucun doute, c'était la même. Brigand, Bernard Brigand… Bernard Brigand, Brigand… plus ses lèvres muettes répétaient son nom, plus la haine et la soif de vengeance montaient en elle, comme si le fait de le prononcer, mâchoire serrée à l'infini, avait le pouvoir de l'assassiner une seconde fois. Cette enquête s'avérait plus que jamais être la sienne ! Elle décida de ne pas informer les gendarmes de sa découverte, planqua le morceau de carton dans sa poche, balança ses cheveux de l'autre côté de son crâne et en dévoila la partie rasée. La lumière filtrant entre les barreaux de la fenêtre y dessina la verticalité des camps.

Elle rejoignit ses collègues masculins sur le parking. Sylviane tenta un rapprochement, mais quelque chose semblait brisé entre elles.

Le soir venu, dans l'intimité de sa chambrette sous les combles, Muriel ouvrit en grand les deux battants de son armoire, et, forte de l'inspiration de son feuilleton préféré, y punaisa en guise de premier indice, la photo de la statue de la Vierge.

*

Le lendemain matin, un brouhaha indescriptible envahit la gendarmerie. Le chef Dupuy s'était mis en tête d'interroger tous les membres de la chorale. Leurs convocations avaient été échelonnées, mais plusieurs d'entre eux arrivèrent en avance. On peut dire qu'en matière de cancans paroissiaux, l'adjudant ne fut pas déçu.

Heureuse que son supérieur lui accorde sa confiance, Muriel s'installa derrière sa machine à écrire. C'était elle la plus rapide au massacre de clavier. Elle bénissait le jour où, pour une fois, elle avait accepté d'écouter le conseil de François, son ami gendarme : suivre des cours de dactylographie. Un monde de femmes très différent du sien, qu'elle avait supporté avec abnégation jusqu'à la délivrance : l'obtention de son diplôme.

La procession se mit en marche. Un à un, les membres de l'association furent interrogés. Médisances, anecdotes et commérages, chacun vida son sac et en fut soulagé. Sous une façade extérieure de bonne entente, l'ambiance n'était pas au beau fixe au sein de la chorale. Son immunité de victime passée – paix à son âme –, Carré-Kerizel, plus facile à critiquer à présent qu'il était décédé, en prit pour son grade. Tous témoignèrent de son goût immodéré pour les petites phrases assassines, celles qui font mouche, celles qui font mal, sur fond de méchanceté gratuite. On craignait ses dents longues et ses amis bien placés ; il avait descendu plusieurs de ses adversaires, qui ne s'en étaient jamais relevés.

La femme de Bernard Brigand affirma qu'avant le drame, lors d'une répétition de la chorale, Carré-Kerizel avait eu une altercation très vive avec le dénommé Daniel Delahaye, fleuriste, mais aussi choriste à ses heures perdues. Les deux hommes ne s'entendaient pas vraiment. Leur différend datait d'après elle du jour où Carré-Kerizel avait été préféré par ses supérieurs pour une promotion au sein de la cartonnerie. Le bégaiement de Delahaye aurait été jugé préjudiciable au poste visé. Devenu la risée de tout Pontrieux, il avait sombré en une dépression profonde, avait quitté son emploi et rejoint sa femme, propriétaire d'un magasin de fleurs sur la place Le Trocquer. Depuis, parfait larbin bé-bégayant, il travaillait dans son ombre et en nourrissait une rancœur certaine.

Carré-Kerizel et un certain Ernault, restaurateur, du même bord politique, avaient été en concurrence pour la tête de liste des élections municipales. Leur rivalité avait pris des proportions considérables. Au final, dessous de table et petites combines entre amis eurent raison des ambitions du crêpier.

Sans mentionner le catalogue adultérin établi par Lagadec, l'adjudant souleva habilement l'épineuse question des mœurs dissolues de Carré-Kerizel. Déliage de langues, excitation des perversions : pire qu'à la confesse, certains hommes confirmèrent leur statut de cocu. La réaction de plusieurs de ces dames – battements de cils incontrôlés, yeux baissés dans le vague, ballet de jambes croisées et décroisées et massacres en règle d'annulaires – laissa entendre à Dupuy qu'il avait tapé dans le mille. Chacune dénonça sans hésitation, qui sa voisine, qui sa meilleure amie. La chorale ne sortit pas grandie de cet infâme déballage.

Un cas de suicide fut même évoqué : Jean-Pierre Barthes, choriste lui aussi, avait découvert fortuitement que son épouse le trompait avec Kerizel. De désespoir, l'infortuné cocu s'était jeté du viaduc.

Alors qu'il doutait de la liste établie par Lagadec, le chef Dupuy eut la confirmation que la victime, pas franchement un Adonis, était un véritable Don Juan. Misogyne à l'extrême, il prêchait la soumission de cette gent inférieure et n'avait de cesse que de les posséder toutes.

Christine Carré-Kerizel ne se montra guère loquace sur le sujet. Elle affirma s'être résignée des infidélités de son mari et marmonna une déclaration du genre : « Les grands hommes sont souvent ainsi, ils ne peuvent se contenter d'une seule femme. », qui laissa les gendarmes perplexes.

Non, décidément, l'adjudant ne fut pas déçu par cette interminable journée d'interrogatoires. Même si, au final, l'absence de suspect était fâcheuse, un nombre trop important l'était plus encore.

La vérification de toutes ces nouvelles pistes promettait d'occuper le chef Dupuy et sa brigade des semaines durant.

Muriel ne perdait pas une miette des renseignements glanés. Le soir, clope collée au bec, elle les notait sur des bouts de papier récupérés dans les poubelles de la gendarmerie et les affichait derrière ses portes d'armoire. Elle s'amusait d'imiter ainsi sa Tantine qui, pour ne rien gaspiller, découpait soigneusement chaque dimanche de petits cartons dans les boîtes à gâteaux.

Une seule des facettes malsaines de Brigand et des autres victimes n'avait pas été abordée : leur possible passé de collabo pendant la guerre. Mais cette facette-là, c'était le secret bien gardé de Muriel, sa carte maîtresse. Elle attendrait le moment opportun pour dévoiler ce brouillon trouvé dans le bureau de Bernard Brigand, dans lequel il se préparait à dénoncer sa famille juive. Elle le haïssait du plus profond de son être et en venait à détester celui qui l'avait tué avant elle. Il l'avait privée du plaisir de déverser enfin sur cette ordure le trop-plein de rage qui pesait sur son cœur. Pourtant, oui, malgré son impatience, elle attendrait, pour ne pas qu'un lien soit établi entre elle et l'affaire. Le risque ? Être écartée de l'enquête.

Son objectif principal n'était plus vraiment l'arrestation de l'assassin de cet ignoble personnage, mais la lumière sur la rafle et la déportation de ses parents.

8

Après son service, Muriel se reposait dans son appartement quand on frappa. Contrariée d'être dérangée dans ses réflexions, elle referma soigneusement le placard et, à regret, ouvrit la porte. C'était Sylviane, sourire interrogateur aux lèvres.

— Bonjour, Muriel. Tu fais toujours la tête ? Je ne comprends pas bien ce que tu me reproches.

— Oh… rien du tout. Je suis très occupée, voilà tout.

— Si on faisait la paix ? Je me suis dit que tu n'avais pas visité la maison de mes grands-parents. J'ai cuisiné ma spécialité : le poulet aux olives et au citron.

Muriel se retint de pouffer de rire. Du poulet, tout un programme ! Elle faillit décliner l'invitation, mais la curiosité, et finalement l'opportunité de manger autre chose que des boîtes de conserve, l'emporta.

— Bon, d'accord. J'apporte ma contribution : des bananes un peu passées, on pourra toujours les flamber. Tes vieux ont bien laissé une bouteille de rhum par là ?

— Si tu veux, répondit Sylviane, regard en coin écœuré vers les fruits blets.

Elles traversèrent la ville à pied. Sur la place Le Trocquer, elles rencontrèrent Daniel Delahaye le fleuriste, en pleine bataille avec sa grille. Il s'immobilisa, manivelle en l'air, et les observa passer. Muriel avait pitié de lui. Mais ni elle ni Sylviane n'appréciaient son œil torve.

Elles s'arrêtèrent à la boulangerie. Rémi, jeune mitron au visage fin mangé par des cheveux bruns frisés mi-longs et deux interminables pattes touffues moyennement bien taillées, les servit, veste blanche ouverte, trois poils séduisants, en se déhanchant dans son pantalon de cuisine pied-de-poule trop moulant. Il saisit l'opportunité pour leur proposer un rancard au café le soir même. Il leur présenterait des copains, une bande de fêtards très sympas, assura-t-il. Tout un programme. Plus rouge qu'une écrevisse, Sylviane s'apprêtait à accepter, mais Muriel déclina l'invitation en invoquant son amour immodéré pour le poulet. Les deux femmes, pliées de rire, retrouvèrent par la même occasion leur complicité passée.

Elles s'engagèrent dans la rue des Fontaines, bifurquèrent vers un raidillon bordé d'un long mur de pierres et, tout essoufflées, atteignirent le domicile des grands-parents de Sylviane. Muriel se fit la réflexion qu'il était temps qu'elle diminue la clope.

La grande maison familiale se dressait sur les hauteurs de Pontrieux. L'extérieur était vraiment à l'abandon. Sylviane poussa la lourde grille de la propriété entre les deux piliers massifs en granit. Elles pénétrèrent dans le parc et suivirent l'allée de pins jusqu'à une cour gravillonnée.

— Oui, je sais, c'est en friche, je vais m'y mettre ! soupira Sylviane.

— Tu noteras que je n'ai rien dit. Je m'en fous des *louzoùs*[13].

L'imposante bâtisse comptait douze fenêtres, dont trois sous les combles. Un immense escalier double menait à la porte d'entrée.

— Tu prends celui de gauche et moi celui de droite ? s'amusa Muriel. La dernière arrivée paie l'apéro.

Elles coururent et bien sûr, Muriel atteignit la première le haut des marches. Elles pénétrèrent dans la maison et se retrouvèrent au milieu d'un hall spacieux carrelé de marbre blanc.

— Ouah ! La classe !

— Si on veut. Je ne me sens pas chez moi ici, soupira Sylviane. Cette baraque me rend mal à l'aise. Elle me file même la chair de poule.

— La chair de poule ? Gla gla… J'en frissonne d'avance ! C'est où qu'on dîne ? Poulet au menu ?

— Ne te moque pas, Muriel. On dîne dans l'arrière-cuisine. C'était le domaine de leur bonne. Mais avant, tu ne veux pas visiter ?

— Si, j'ai hâte de rencontrer tes fantômes.

— Pas moi.

Les jeunes femmes déambulèrent dans le dédale des nombreux couloirs de la maison bourgeoise. Au milieu de la salle à manger trônait un splendide piano.

---

13. Breton : herbes folles, mauvaises herbes.

— Mademoiselle Henriot m'a raconté l'histoire de ce piano. Il appartenait à Elvire, ma mère. Depuis l'enfance, elle était passionnée de musique. Avant la guerre, mes grands-parents lui avaient acheté ce piano et engagé un professeur pour lui donner des cours particuliers. C'était de bon ton, ma chère, dans les familles bourgeoises. Attends, tu vas comprendre.

Elle se précipita vers une étagère garnie d'une impressionnante collection de vieux disques vinyle, du bout des doigts sortit un 78 tours de sa pochette et le posa délicatement sur le plateau. « *Les variations de Goldberg* » de Bach emplirent bientôt l'espace vide et le lieu froid reprit vie. Une déferlante d'émotions les submergea. Muriel en fut surprise. Ce n'était pourtant pas son style de musique : elle préférait le rock. Pas n'importe lequel : le dur, le hard.

— J'écoute souvent ce morceau, confia Sylviane. Il me rappelle ma mère que je n'ai pas connue. Je l'imagine devant son piano.

Soudain, Muriel, peu friande de ces débordements émotionnels, souleva le bras de lecture de l'électrophone. Le crissement du diamant, telle une craie sur un tableau noir, brisa le charme.

— Pourquoi as-tu fait ça ? protesta Sylviane. Si le disque de ma mère est rayé…

— Le disque de ma mère, le disque de ma mère… La belle affaire, tu en possèdes des dizaines d'autres.

— On dirait que tu es jalouse.

— Jalouse ?

— Au moins, pérora Sylviane, il me reste des souvenirs de ma mère.

À court d'arguments, Muriel haussa les épaules et préféra changer de sujet :

— Fais-moi visiter l'étage, s'te plaît.

— Je n'ai pas encore exploré toutes les pièces.

— Et toi tu pionces où ? demanda Muriel.

— Dans la petite chambre de bonne tout au fond…

— On y va ? Vu l'état de l'escalier, je pense que tes grands-parents ne montaient plus là-haut depuis longtemps…

— Leur chambre était la plus grande, au rez-de-chaussée…

— Bon, on monte ? Je te suis.

Les marches disparaissaient sous une épaisse couche de poussière. Seule trace de vie : les empreintes de pas de Sylviane à peine marquées, comme si elle grimpait sur la pointe des pieds. Elle fit visiter à Muriel sa minuscule chambre.

— Spartiate, remarqua Muriel un brin moqueuse. Pas beaucoup plus grande que la mienne finalement.

Sur la table, une pile d'enveloppes entourées d'un ruban titillait la curiosité de Muriel. On aurait dit une sorte de nécessaire de correspondance cucu la praline pour jeunes filles en fleur. Tout ce qu'elle détestait.

D'un doigt faussement désinvolte, elle désigna le tas rose :

— Ce sont sans doute les lettres de ton amoureux. Petite cachottière, tu ne m'as pas dit que tu en avais un.

— Mon amoureux ? s'indigna Sylviane. Non ! Je n'en ai pas. Pas encore rencontré le bon. J'ai fréquenté quelques garçons, mais rien de sérieux. Ils n'aspirent qu'à te mettre dans…

— Qu'à te sauter, dis-le. Normal. Des garçons quoi. Vous les nanas, vous recherchez toujours le côté romantique, la douceur des préliminaires, et ragnagna et ragnagna…

— Vous les nanas ?

— Pas du tout solidaire sur c'coup-là ! répliqua Muriel en fin de non-recevoir. Revenons aux enveloppes, t'as démarré une collection ?

— Non, non. À chaque anniversaire, chaque Noël, j'en reçois une, avec de l'argent en espèces dedans. Aucune idée de l'expéditeur. Je ne sais pas pourquoi je les ai conservées.

— D'où sont-elles postées ?

— De Pontrieux.

— Pas banal. En tout cas, t'en as de la chance d'avoir un généreux donateur. J'aimerais bien moi.

Elles sortirent de la chambre de bonne. Sur le palier, juste en face du haut des marches, se trouvait une pièce fermée à double tour.

— Tu ouvres ? demanda Muriel.

— Pas de clé. J'ai essayé toutes celles du tableau en bas, aucune ne rentre.

— Faut appeler Marcel.

— Hein ?

— Marcel, tu sais bien, mon pote gendarme.

— Ah oui, le massacreur de portes. On va éviter si tu veux bien.

— C'est le moment de faire travailler mes méninges d'enquêtrice. Tu as cherché dans la chambre des vieux ?

— Non, je n'y ai pas pensé. Je les hais, je ne suis pas entrée dans cette pièce. Elle doit être imprégnée de leur odeur.

— Bouge pas, j'y vais.

Muriel descendit quatre à quatre l'escalier et revint quelques instants plus tard, triomphante, clé en étendard.

— Trouvé!

— T'en as mis un moment! protesta Sylviane.

— T'as raison, la piaule empeste la pisse froide. La clé était bien planquée, mais je me suis souvenue de mes cours d'apprentie gendarme. Elle était fixée avec du sparadrap sous le tiroir d'une table de chevet.

Muriel ouvrit la porte. Entre les murs garnis de tentures roses, elles pénétrèrent dans l'ambiance feutrée d'une chambre de jeune fille, demeurée à l'abri des assauts du temps. Elles eurent le sentiment que Elvire allait apparaître dans l'encadrure de la porte, comme si elle venait de quitter les lieux. Un doux parfum floral, flagrance de lavande et de lilas, s'exhalait d'un pot-pourri. Sur le lit s'étalait un édredon en duvet d'oie, et au sol, des tapis moelleux. Une penderie débordait de robes aux dominantes pastel. Sur le bureau étaient éparpillées des partitions.

— C'est la seule pièce de la maison où le ménage a été fait régulièrement, remarqua Muriel. Étonnant. Le pot-pourri a dû être changé il n'y a pas si longtemps. Ta grand-mère éprouvait peut-être des remords?

— Des remords? Cela n'excusera jamais le mal qu'elle lui a fait, qu'elle nous a fait… C'est sa chambre, soupira-t-elle. On dirait qu'ils n'y ont pas touché. En tout cas, je m'installe ici dès demain.

— Es-tu sûre que ce soit une bonne idée?

Muriel écarta les rideaux d'un coup sec. La lumière entra, et avec elle la réalité du dehors. Un instant éblouie, Sylviane attrapa sur la table de chevet un cadre contenant la photographie d'une jolie femme aux boucles blondes. Muriel sursauta : son amie lui ressemblait tant. Le même air mélancolique et tendre les habitait. Sous le portrait reposait un bijou. Sylviane le saisit et fit rouler les perles blanches entre ses doigts.

— Muriel, aide-moi à l'accrocher autour de mon cou.

Sylviane tourna sur elle-même devant la psyché.

— Il me va bien, tu ne trouves pas ?

— Bon, j'ai faim moi. On descend ?

Elles retournèrent dans l'arrière-cuisine. Sylviane réchauffa son poulet aux olives. Muriel dénicha une nappe et la lança en l'air pour en recouvrir la table de la salle. Pendant ce temps-là, Sylviane se débarrassa discrètement des bananes pourries dans la poubelle.

— Tu es chez toi, Sylviane, tu ne dois plus craindre les fantômes. J'ai décidé qu'on ne mangerait pas dans cette arrière-cuisine qui me fout la gerbe.

Elles burent un verre de rosé tiède, puis deux, puis trois. Muriel aurait préféré une bonne bouteille de vin rouge, mais Sylviane ignorait l'emplacement de la cave et le soir commençait à tomber. Elle lui demanda de raconter l'histoire de sa mère. Sylviane ne se fit pas prier :

— Tout a basculé en 1944. Les Allemands ont réquisitionné plusieurs chambres de la maison de mes grands-parents. Un des officiers s'appelait Ludwig.

— Ludwig ?

— Oui, Ludwig Müller.

Sylviane poursuivit :

— D'après mademoiselle Henriot, Müller, un grand et bel homme blond, s'était épris de ma mère qui n'était pas insensible à ses charmes. Tous deux partageaient leur passion de la musique et, en l'absence de mes grands-parents et des autres officiers, jouaient du piano à quatre mains.

— De toute façon, à cette époque-là, les Boches avaient tous les droits.

— Je pense que cela lui faisait plaisir à elle aussi…

— Parle-moi encore de ta mère, demanda Muriel.

— Tout est dit.

Muriel attrapa une bouteille de lambig sur la desserte, des verres à digestif dans le buffet et servit deux rasades. Elle but le sien cul sec, rota. Sylviane trempa ses lèvres dans l'eau-de-vie, frissonna, hésita, soupira, but son verre d'une traite, s'en resservit un autre et le vida derechef.

— Je vais rentrer, dit Muriel. Tu me raccompagnes ?

— On passe par le café ?

— Oh… Je croyais que tu n'aimais pas trop les bars. Toi, le boulanger t'a tapé dans l'œil. Ou alors t'es pompette.

— Non, pas du tout ! protesta mollement Sylviane.

Sur la place, elles rejoignirent la bande à Rémi, pattes d'eph et compagnie. Toute la soirée, elles retrouvèrent leur insouciance de jeunes femmes, enfin surtout Sylviane. Muriel ne goûtait plus franchement ces amusements futiles, bavardages insipides, blagues potaches ou carrément vulgaires, rires stupides et flirts adolescents qu'à son avis leurs trentaines dépassées n'avaient plus que faire. Elle resta tout de même, soi-disant par curiosité. Simple étude anthropologique et sociétale pouvant lui servir dans le futur quand elle serait vraiment gendarme. Simple jalousie surtout.

À l'extérieur, sur la petite terrasse en bois, puis à l'intérieur aux premières plaintes de voisinage, les jeunes chantèrent « *La blanche hermine* » à s'en écorcher le gosier, tentèrent « *Alexandrie, Alexandra* », abandonnèrent, et finalement, dans une ambiance électrique, trinquèrent à la santé de Cloclo. Ils burent une partie de la nuit. « *Amoco* » d'Alain Barrière passait en boucle sur le jukebox. Le gendarme Éric Le Bec, appelé à la rescousse, arriva même pour ordonner aux jeunes de baisser d'un ton. Il lança une œillade à Muriel et passa une langue râpeuse sur ses incisives sourire blancheur dentifrice pour bien lui signifier qu'il l'avait repérée et gardait son dossier sous le coude. Depuis l'épisode de la cartonnerie, elle s'en méfiait comme de la peste. Il la zieutait à longueur de journée. Mission : se la jouer finaude pour poursuivre son enquête parallèle.

À la fermeture du café, les jeunes gens émigrèrent au Tachen Touz, une boîte à la sortie de la ville. Rémi prit le volant de la 403 bâchée de la boulangerie et la joyeuse bande embarqua à l'arrière, en route pour « *la fièvre du samedi soir* ». Muriel hésita à se joindre à eux, mais se décida finalement à les accompagner afin de veiller sur son amie. Sylviane, complètement déchaînée, avait beaucoup trop bu.

Entre volutes de fumée et rythmes disco, les filles dansèrent, les garçons restèrent collés au bar. Au petit matin, Rémi proposa de ramener Sylviane chez elle, sous prétexte que les rues de Pontrieux étaient mal éclairées et qu'un meurtrier rôdait dans le quartier. Muriel la pressa de décliner l'invitation. Elle se doutait bien de ce qu'il adviendrait dans la grande demeure et craignait que, le lendemain, Sylviane regrette son égarement d'un soir. Mais ce fut en vain.

Muriel, contrariée de s'être fait faucher son statut de garde du corps, regagna seule sa chambre sous les combles, balança rageusement ses rangers malodorants contre la porte, ôta soigneusement son blouson en cuir acheté avec sa première paie, l'accrocha à la patère de l'entrée, roula en boule son tee-shirt sans forme et ne garda que son pantalon de camouflage multi-poches. À son insu, ses seins pointèrent en avant, elle ne portait jamais de soutien-gorge. Se libérer des entraves ? Sa devise.

Imaginer son amie au plus profond du taffetas blanc, dans les bras de son boulanger aux mains douces de champion du pétrissage, sur fond d'impudiques roucoulades et de relents de vin rouge, lui était insupportable. Évidemment, Sylviane avait plus de succès qu'elle auprès des garçons. Le syndrome de la petite blonde aux yeux noisette, impossible de lutter. Muriel s'allongea sur son lit sans parvenir à trouver le sommeil, se releva pour examiner son reflet déstructuré dans le miroir brisé façon boule à facettes, au-dessus du lavabo, gonfla sa poitrine désespérément plate, souffla sur sa mèche désespérément grasse et pinça ses lèvres désespérément fines. Elle plongea ses mains dans deux des nombreuses poches de son pantalon, prit la pose et en vint à la conclusion que, finalement, aucun de ces blancs-becs sans consistance ne la méritait.

Dans la glace, elle aperçut le rouleau de papier dépasser de la poche intérieure de son blouson suspendu à la patère. Avant d'aller à la recherche de la clé, elle était retournée dans la chambre de Sylviane et, bingo, elle avait retrouvé, sous le matelas – encore un classique – le fameux journal. Elle avait la confirmation de ses doutes : Sylviane l'avait bien subtilisé au siège de *L'Argoat républicain* à Guingamp. Muriel lui en voulut de ne pas lui faire confiance, de ne pas partager ses secrets avec elle, son ancienne meilleure amie.

Muriel avait mieux à faire que de ruminer cette jalousie et cette rancœur pas très glorieuses qui ne lui ressemblaient guère. Sa mission l'attendait. Elle s'installa confortablement, ce qui pour elle signifiait allongée par terre, pieds en l'air au mur, orteils en effervescence. Elle feuilleta le journal et découvrit rapidement l'article qui avait bouleversé son amie. Elle lut et relut chaque ligne. Sidérée.

Le texte décrivait, détails sordides à l'appui, une scène de femelles – terme employé par le journaliste qui choqua profondément Muriel – tondues à la Libération. Une photo l'illustrait, pratique inhabituelle à l'époque. Assise sur une chaise de paille devant trois de ses bourreaux, exhibée à demi nue, on apercevait, comble du destin, une jeune coiffeuse coupable d'avoir fricoté avec l'ennemi. Elvire, la mère de Sylviane.

Belle, visage presque juvénile, traits sublimés par la tonte, aux yeux doux soudain immensément grands, ravagés par les larmes de honte. Autour de son cou, un fin collier de perles blanches ; à ses pieds un tas de bouclettes claires. Doigts écartelés contre sa robe virginale à demi arrachée, elle écrase, à s'en étouffer, ses chairs tendres de jeune fille.

9

Les gendarmes considérèrent à nouveau le témoignage de Bonaventure Lagadec, toujours sur la liste des suspects potentiels. Ils ne possédaient pas d'autre piste et il fallait bien progresser dans l'enquête. Le bedeau affirmait avoir aperçu un individu de petit gabarit suivre Charles Carré-Kerizel la nuit du meurtre.

L'emploi du temps de chaque membre de la chorale fut passé au crible. Delahaye, eu égard à sa taille menue et à son différend avec la victime, fut entendu le premier. Mais sa femme claironna que son Daniel ne l'avait pas quittée de la soirée. Après la répétition, ils étaient rentrés dans leur logis pas loin de la cartonnerie et s'étaient endormis comme tous les jours en amoureux dans leur lit, devant leur feuilleton préféré. L'affirmation, assénée avec tant de conviction, semblait difficile à mettre en doute.

À la dérobée, Muriel épiait Daniel Delahaye. La vue de cet individu, yeux baissés vers ses chaussettes, une de chaque couleur, dans ses sandales en cuir fatiguées, l'indisposait plus que de raison. Delahaye avait été un résistant reconnu. Courageux cet homme au garde à vous devant sa femme ? Ou alors souffrant d'un dédoublement de la personnalité ? Veule au quotidien et brave dans l'ombre, transcendé par son héroïque mission. Il y en eut d'autres.

Ce fut le tour d'Émile Ernault. Avec le décès de Charles Carré-Kerizel, il avait pris du galon : à la tête de son parti politique, il briguerait le poste de maire aux prochaines élections. Émile Ernault jouissait d'une excellente réputation ; il avait aidé la Résistance pendant la guerre en fournissant le maquis en vivres. Il tenait une crêperie à Pontrieux, appréciée pour sa spécialité « La délicieuse », clin d'œil à la célèbre chanson de la cité des lavoirs, « *Pontrieux, coin délicieux* », écrite par Charles Brochen. Une crêpe gourmande, au caramel beurre salé *evel just*[14]. Costume traditionnel breton, *jiletenn*[15] de bon aloi comprimant son bedon replet, l'homme était coquet. Ses hauts talons claquaient sur le dallage à tomettes de son restaurant, son lieu de parade favori. Armoires massives et leurs rosaces, enfilade trois portes en chêne, tic-tac de la vieille pendule, lit-clos, nappes à carreaux bleus et blancs, vues anciennes… rien ne manquait dans ce temple de la biniouserie pour touristes.

Le décès de Charles Carré-Kerizel s'avéra pour Ernault une véritable bénédiction. Les réunions de campagne se multipliaient déjà dans l'arrière-salle

---

14. Breton : bien sûr.

15. Nom breton d'une veste courte le plus souvent sans manches qui se porte sur la chemise.

de la crêperie. Le gratin pontrivien avait commencé à défiler… et les mauvaises langues à jaser… On y vit défiler tout le gratin pontrivien. Les mauvaises langues jasèrent sur son éventuelle implication dans l'assassinat de son rival. Le soir du meurtre, il avait pourtant un alibi de taille : son établissement affichait complet. C'était l'été, les touristes étaient nombreux et sa table réputée. Se serait-il absenté sans que ses employés et sa femme s'en aperçoivent ? Improbable. Cet homme appartenait à cette catégorie de petits chefs incapables de déléguer. Il ne fut cependant pas rayé de la liste des suspects qui commençait sérieusement à s'allonger.

Pourtant, si l'un des ennemis de Carré-Kerizel était le meurtrier, dans quel but s'en serait-il pris également aux deux autres victimes, Bernard Brigand et Anselme Allainmat ?

*

Le lendemain soir, après sa journée de travail, Muriel accompagna Sylviane au chevet de leur vieille institutrice. Elle s'en voulait d'avoir tant tardé, mais son enquête, la véritable, et surtout l'autre, la parallèle, occupaient totalement son esprit.

Les deux amies s'étaient donné rendez-vous devant la boulangerie. Planté sur le trottoir, jambes écartées, tablier blanc serré autour de son corps fluet, Rémi fumait une gitane maïs. « Un gringalet tout à fait insignifiant, le coup d'un soir », se persuada Muriel.

Le gringalet en question ne tint aucun compte de Muriel, pourtant à deux pas de lui. Elle en fut, malgré elle, dépitée. Sylviane arriva, toute fraîche, collier de sa mère autour du cou, robe imprimée à pois verts tombant juste au-dessus de ses genoux, cintrée à la taille, faussement sage avec son col lavaillière[16] et ses boutons perle. Son foulard noué taillé dans le même tissu laissait joliment échapper ses bouclettes blondes. Interloquée et, à son corps défendant, un tantinet jalouse, Muriel l'observa s'avancer vers son Rémi, démarche chaloupée plus assurée qu'à l'habitude. Soudain, elle reconnut les vêtements de la photo de la table de chevet et s'en trouva choquée. La robe et le foulard d'une morte! Les deux amoureux s'embrassèrent longuement. Un baiser profond ponctué par les coups de langue musclée saveur nicotine du mitron. « Une sacrée pelle bien dégueulasse! » pensa Muriel. Décidément, ce Rémi n'était pas du tout le genre de Sylviane. Beaucoup trop jeune, pas assez de classe.

Rémi glissa sa main de vainqueur dans le décolleté. Sylviane gloussa. C'en était trop, Muriel détourna le regard et s'éloigna. Appelé par le boulanger, le mitron, après un dernier bisou baveux sur le bout du nez de sa belle, retourna à son fournil.

Sans un mot, les deux femmes se dirigèrent vers l'école. Sans un mot, elles traversèrent la cour. Le portail était ouvert. Mademoiselle Henriot avait sans doute eu la force de descendre pour le déverrouiller. Toujours sans un mot, elles grimpèrent l'escalier grinçant en bois ciré. Sylviane pénétra la première à l'intérieur de l'appartement plongé dans la pénombre. Muriel éprouva la désagréable

16. Pièce de tissu étroite et longue que l'on noue, aux boucles tombantes et longs pans.

impression de profaner l'intimité poussiéreuse de son occupante : meubles sombres massifs en chêne, tapisserie décolorée d'un autre âge, glaces jaunies dans lesquelles elle hésita à se mirer, de peur d'y découvrir son apparence vieillie, comme un saut dans le futur. Elle pensa à sa grimace préférée aux yeux qui louchent, destinée à sa Tantine. Pour rire et un peu lui faire peur, cette dernière susurrait : « Attention, un courant d'air, et tu vas rester coincée ! » Muriel mourrait d'envie d'ouvrir en grand les fenêtres et d'apporter un souffle nouveau dans cette maison, mais elle craignait d'être cloîtrée à jamais dans cet appartement figé d'avant-guerre.

Drap jusqu'au nez, mademoiselle Henriot se tenait allongée dans son lit. Elle murmura :

— Entrez, mes chéries ! C'est gentil de passer me voir ! L'infirmière doit arriver, mais pas tout de suite. Ça nous laisse un peu de temps pour discuter. S'il te plaît, Sylviane, aide-moi à me relever.

Visiblement rompue à l'exercice, Sylviane attrapa deux énormes oreillers de plume sur un fauteuil en osier, les battit pour leur redonner du gonflant, souleva la vieille femme, la soutint pendant qu'elle se redressait et cala les oreillers derrière elle. Muriel alluma la lampe de chevet.

L'institutrice, perdue dans sa longue chemise de nuit froissée en coton, avait encore maigri depuis leur dernière rencontre. Un silence embarrassé s'installa, vite comblé par Sylviane. Muriel fut surprise de son aisance. Elle possédait un véritable don pour discuter avec les personnes âgées. Épouvantée par tout ce qui touchait à la vieillesse, la maladie et la mort, et contrariée de devoir forcer sa voix pour se faire entendre, Muriel ne trouvait jamais les bons mots, ceux qui rassurent, ceux qui comblent les silences.

— Le docteur m'a signifié que je ne pourrai pas rester plus longtemps dans cet appartement. Il m'a réservé une place à l'hôpital pour patients en fin de vie. Jolie expression, n'est-ce pas, pour ne pas dire « avant de crever » ?

— Chut, Mademoiselle, vous vous faites du mal.

— Appelle-moi maîtresse. Comme lorsque vous étiez petites.

— Ne vous fatiguez pas, maîtresse.

La vieille femme ferma les yeux, aspira une goulée d'air comme pour gober le mot et le savourer telle une gourmandise. À cet instant, l'infirmière, accompagnée d'une aide-soignante, entra pour prodiguer les soins et s'assurer de la bonne prise des médicaments.

— Rendez-vous à l'évidence, mademoiselle Henriot, vous êtes dans l'incapacité de rester ici toute seule. Jeudi, la voisine vous a ramassée en bas de la rue ! Rappelez-vous, vous ne parveniez pas à vous relever après votre chute. Où alliez-vous comme ça sous la pluie ? Ce n'était pas prudent, voyons.

— Acheter mon pain chez le boulanger. J'ai encore le droit, non ? En plus, le jeune mitron est très mignon.

Elle lança un clin d'œil à Sylviane qui rosit jusqu'à la racine brune de ses cheveux blonds. Muriel haussa un sourcil circonflexe.

— Mesdemoiselles, je vais vous prier de sortir, ordonna l'infirmière.

— Au revoir, maîtresse ! s'écria Sylviane. À demain.

— Au revoir, mademoiselle Henriot, bredouilla Muriel.

Appeler cette vieille femme malade « maîtresse » était au-dessus de ses forces. Elles repassèrent par la salle à manger. Muriel ne résista pas cette fois, tira les deux lourds rideaux et ouvrit en grand les fenêtres à la peinture écaillée. Une immense bibliothèque occupait l'un des murs et les autres étaient tapissés de photos de classe. Un véritable mausolée.

Sur plusieurs d'entre elles, les deux jeunes femmes se reconnurent. Âgées d'une dizaine d'années, main dans la main, elles se tenaient un peu à l'écart du groupe. Sur une photo datant de la fin de la guerre, on découvrait des enfants sages autour de leur maîtresse. Sylviane passa son doigt fin sur les visages.

— Oh ! s'écria-t-elle. Là, derrière mademoiselle Henriot, on ne dirait pas… ?

— Si, bien sûr, c'est ma sœur Sarah avec son grand nœud dans les cheveux.

— On a l'impression qu'elle se cache.

— C'est possible, elle avait peur.

— Eh, qu'est-ce que tu fais ? cria presque Sylviane.

Muriel avait arraché et fourré la photo du mur dans son sac.

— Tu n'as pas le droit ! protesta Sylviane.

— Là où va bientôt ta chère maîtresse, elle n'en a plus besoin. On s'casse.

— Pourquoi cette violence soudaine ?

— Je suis violente. C'est la vie qui veut ça.

— Tu ne crois pas si bien dire, souffla Sylviane.

— Quoi ?

— Rien. Pour une fois, nous sommes d'accord.

Les deux amies descendirent la rue des Galeries plus rapidement qu'à l'aller. Sylviane courut rejoindre son Rémi qui avait terminé sa journée à la boulangerie. Muriel les observa s'éloigner collé-serré et sortir de son champ de vision. Après un coup d'œil à droite et à gauche, elle poussa une porte en bois sous une arcade et s'engouffra dans le passage longeant la maison des Carré-Kerizel, autrefois entrée de service des domestiques.

Christine Carré-Kerizel était absente de son domicile : c'était l'heure de la répétition de la chorale au presbytère. La vie reprenait son cours. Un des principaux solistes manquait à l'appel, voilà tout. Il avait vite été remplacé.

Muriel disposait d'une demi-heure, peut-être de moins.

*

Son objectif ? Repérer des indices qui auraient échappé à l'œil averti de Dupuy et de ses collègues. À l'aide d'un tournevis déniché dans l'atelier attenant, Muriel ouvrit aisément la porte des employés de maison. Un compagnon d'infortune, squatteur comme elle à l'époque, passé maître en cambriolages en tous genres, lui avait enseigné cette technique. « Tout sert en ménage », comme disait sa Tantine.

Elle traversa la cuisine et l'office, déserts à cette heure, gagna le domaine des propriétaires, grimpa quatre à quatre l'escalier à balustres et se dirigea directement vers le bureau de Charles Carré-

Kerizel. Les gendarmes avaient perquisitionné la maison. Pourtant, Muriel s'étonnait de voir la pièce à ce point retournée, papiers, tableaux… à terre. Christine Carré-Kerizel avait-elle découvert ce qu'elle cherchait ?

Redoutant à tout moment d'être surprise, Muriel, fébrile, commença une fouille méthodique. Rien. Par acquit de conscience, elle glissa sa main une dernière fois au fond du tiroir du bureau et sentit une résistance : une petite clé en laiton, pendue à un porte-clés à l'effigie du maréchal Pétain. La jeune femme la présenta devant toutes les serrures, mais aucune ne correspondait. Sur la table de travail en chêne recouverte d'une fine couche de poussière, elle remarqua un emplacement beaucoup plus foncé, vierge de toute salissure. Un objet rectangulaire y ayant séjourné longtemps avait été enlevé récemment. Muriel partit à sa recherche.

Elle délaissa le bureau et se lança dans l'exploration de la salle aux murs habillés de boiseries du XVIIIe siècle. Sur un guéridon était posée une petite écritoire de marine anglais en acajou assez élégante. Sa forme correspondait parfaitement à l'empreinte laissée sur la table. Au-dessus trônait un tableau un peu désuet représentant l'ancienne église de Notre-Dame-des-Fontaines peinte par un artiste local.

Muriel introduisit la clé dans la serrure. Bingo : l'écritoire s'ouvrit en deux parties. La détective en herbe souleva l'abattant. À l'intérieur, elle découvrit un encrier, des plumes, un nécessaire d'écriture, des papiers antérieurs à la fermeture de l'usine, des factures… De toute évidence, Charles Carré-Kerizel, du temps où il était encore cadre à la cartonnerie, emportait cet objet partout où il se rendait, bureau ou autre, et lui seul savait où il rangeait la clé.

Dans l'espoir de déclencher l'ouverture d'un hypothétique double fond, Muriel promena ses doigts sur les parties en laiton et appuya sur les ferrures. Sans résultat.

Tout à coup, un bruit de pas résonna sur les pavés dans la rue : Christine Carré-Kerizel rentrait de sa répétition à la chorale. Tout occupée à sa recherche, l'apprentie gendarme n'avait pas vu le temps passer. Elle devait déguerpir au plus vite, sinon elle pouvait dire adieu à sa future carrière de gendarme. Cependant, la jeune femme détestait s'avouer vaincue. En désespoir de cause, elle appuya frénétiquement sur toutes les parties en bois.

La porte donnant sur la rue s'ouvrit en grinçant. Muriel sentit une angoisse acide envahir sa gorge. Elle avala péniblement sa salive et allait abandonner quand, soudain, le miracle s'opéra : une planchette bascula. Dessous, pas grand-chose : deux photos, rien de bien intéressant. Déçue, Muriel les fourra dans sa poche afin de les examiner chez elle plus attentivement.

Le claquement des hauts talons se rapprochait dangereusement. Cœur en état d'implosion imminente, l'intruse remit fébrilement tout en place : clé, écritoire, tiroir. Elle descendit en trombe l'escalier, se précipita vers l'arrière-cuisine, se rua dans la venelle par la porte latérale, doigts moites tremblotants, revissa poignée et serrure, franchit l'arcade par la porte en bois, surgit dans la rue et après un bref regard à gauche puis à droite, s'éloigna rapidement sans même reprendre son souffle, en espérant ne pas avoir été repérée. Au même instant, Christine Carré-Kerizel pénétrait dans la salle à manger.

Impatiente d'examiner ses trouvailles, Muriel fonça vers son petit appartement, s'enferma à double tour, s'assit sur le lit et s'empressa d'étudier les photos. On y découvrait Bernard Brigand et Charles Carré-Kerizel entourés de leurs familles respectives lors de leur départ forcé à la retraite à la fermeture de la cartonnerie. Dans l'assemblée, à l'arrière, on distinguait des personnalités de l'époque : maire, ministre, préfet…

Sur l'une des photos, en premier plan, Carré-Kerizel, cadeau de départ dans les mains – le tableau représentant l'ancienne église de Notre-Dame-des-Fontaines, celui aperçu dans la maison –, paradait aux côtés de son épouse. Notre-Dame-des-Fontaines… clin d'œil du destin ! songea Muriel.

Sur la seconde, on découvrait Bernard Brigand, bel homme brun à la prestance naturelle, sourire foncé aux lèvres, même tableau dans les bras, entouré de sa femme et de ses quatre enfants, tous bruns aux yeux noisette : un garçon de l'âge de Muriel et Sylviane, plutôt mignon, frisé, élancé, et trois filles de physique plus ingrat, affublées du nez prononcé et des pommettes rouges de leur mère, leur portrait craché. Muriel se demanda comment il était possible de concevoir une progéniture aussi dissemblable.

Sur les deux photos, on devinait derrière eux une silhouette féminine. Muriel sortit de sa poche une grande loupe achetée à la brocante estivale, parfait accessoire pour une enquêtrice en herbe, mais ne réussit pas à distinguer le visage de l'inconnue.

L'équipée de Muriel au domicile des Carré-Kerizel n'avait pas servi à grand-chose. Ses espoirs de découvrir des indices prouvant le passé de collabo des victimes s'envolaient.

Elle épingla les deux photos à l'arrière de ses portes d'armoire, saisit le brouillon de dénonciation de ses parents, trouvé dans le bureau de Bernard Brigand, sa carte maîtresse, le pressa ente ses mains, la plaqua sur la partie chauve de son crâne comme pour y imprimer les lettres indélébiles. Elle respira profondément et enfin prit sa décision. Elle n'avait plus le choix.

10

La valise en carton découverte dans le bureau de Bernard Brigand était demeurée plantée à l'endroit où Muriel l'avait déposée : au pied de l'armoire aux indices dans la gendarmerie. Elle était là la solution : remettre à sa place dans la valise le brouillon de dénonciation, puis inciter son supérieur à s'intéresser à son contenu.

L'heure du déjeuner conviendrait pour l'opération. Ses « collègues » gendarmes se retrouvaient à la crêperie Ernault, leur cantine en quelque sorte. Le chef cuistot leur concoctait chaque midi un plat du jour sur mesure. « Du meu meu », affirmait son pote Marcel en se frottant le bidon.

Muriel ne mangeait guère à cette heure, une pomme suffisait à son repas. Elle tenait souvent la boutique en compagnie d'Estelle, qui apportait son Tupperware.

La gendarmerie était fermée, mais en cas de coup de fil urgent, l'une ou l'autre était chargée de prévenir la troupe masculine. Ce jour-là, Estelle était restée au chevet de son fils malade. Muriel était seule. Une aubaine.

Elle sortit la carte de la poche de son blouson et la glissa dans la valise. Les gendarmes rassasiés revinrent en groupe. Leurs conversations bruyantes s'entendaient depuis le bas de la rue de Traou Meledern. La traditionnelle langue de bœuf accompagnée d'un bon verre de vin rouge, et plus si affinités, en avait délié d'autres.

Muriel attendit le temps réglementaire de la digestion puis s'empara de la valise et, sourire niais imprimé sur le visage, se dirigea, bouche en cul-de-poule, vers le bureau de l'adjudant-chef. Au moment où elle passait devant lui, Éric Le Bec, hilare, lui lança tout en lissant entre ses doigts sa mèche blond platine :

— Oh là, donzelle Muriel, tu pars en voyage ? Tu nous quittes ?

La donzelle balaya la remarque d'un revers dédaigneux de la main.

— Adjudant-chef, demanda-t-elle une fois dans le bureau, je me proposais de ranger le contenu de cette valise dans l'armoire aux indices. L'avez-vous inspectée ?

— Rien d'intéressant dedans. Elle nous encombre, on va la rapporter à la cartonnerie. Vous vous en chargerez.

Muriel fit marcher son cerveau à cent à l'heure.

— À vos ordres, chef!

À fond dans son rôle de parfaite idiote, elle tourna les talons et feignit de trébucher et s'étaler de tout son long. Le vacarme alerta l'ensemble de la brigade en délire. Les gendarmes se pressèrent devant la porte pour ne rien rater du spectacle. Martin Dupuy haussa les épaules d'un air atterré. À défaut d'attirer l'attention de son supérieur, Muriel aurait au moins amusé la galerie. La valise s'ouvrit, les cartes volèrent à travers la pièce. Comme par miracle, l'une d'entre elles atterrit sur le bureau de l'adjudant.

— Attendez, s'écria Dupuy. Quelque chose est écrit derrière celle-ci ! Cela nous avait échappé.

Muriel pensa avec malice, elle qui s'était toujours refusée à toute religion, que les dieux étaient enfin avec elle.

— On ne distingue pas tous les mots, poursuivit son chef. « *Juifs, Péron…* » Je ne vois pas ce que cela veut dire…

— Chez les Péron, précisa Muriel, en prenant un air faussement détaché. C'est ce qui est écrit, enfin… je crois.

— Des juifs se trouvaient donc chez les Péron ?

— Pendant la guerre sans doute, précisa la jeune femme, surprise par le peu de réactivité de son supérieur.

— C'est donc un brouillon…

— De dénonciation ! termina Muriel.

— Ah bon… Derrière une carte de Notre-Dame des-Fontaines ? Admettons…

L'adjudant-chef, quelque peu contrarié, se tourna vers ses subordonnés restés plantés devant la porte pour ne rien rater du spectacle, et, œil en coin vers Muriel, déclara d'une voix ferme :

— Nous allons nous intéresser aux agissements des victimes pendant la guerre. Dans un premier temps, convoquez-moi Jean-Pierre Houérou, le chef des résistants. Ce… brouillon de dénonciation lui dit peut-être quelque chose.

Puis, soudain autoritaire, il lança :

— Au fait, qui était chargé d'inspecter ce carton ?

Avec satisfaction, Muriel aperçut son ennemi Éric Le Bec lever le doigt comme à l'école.

— Eh bien, gendarme Le Bec, je ne vous fais pas mes compliments ! le réprimanda l'adjudant-chef.

— Je vous jure que…

— Vous aggravez votre cas. Hors d'ici ! Muriel, vous me rédigerez un compte-rendu détaillé sur ces inscriptions.

Éric Le Bec, visage décomposé, sortit du bureau. En passant, il jeta un œil soupçonneux à Muriel et lui chuchota à l'oreille :

— Saleté de donzelle ! Je suis persuadé que c'est toi qui…

La donzelle, en guise de réponse, lui tapota la tête et susurra :

— Désolé pour toi, Roméo Le Bec. Faute grave, oui faute grave.

Muriel s'installa sur une table dans le bureau de son chef, souffla sur sa mèche et entreprit l'inventaire du carton. Elle savait bien qu'il ne contenait pas d'autre dénonciation, mais s'attela tout de même avec entrain à la tâche qui lui était confiée.

Dès le lendemain matin, Jean-Pierre Houérou, ancien résistant de presque quatre-vingts ans, fut appelé à témoigner. Courbé sur sa canne, le vieil homme entra dans la gendarmerie. Par-dessus sa chemise bleue au col élimé, il avait endossé sa veste des grandes occasions, la même qu'il portait quelques semaines auparavant, lors des cérémonies du 8 mai. Il ôta sa casquette grise en tweed, celle du dimanche, et salua les personnes présentes dans la salle. Le chef Dupuy l'installa dans son bureau.

— Bonjour, monsieur Houérou, asseyez-vous, je vous prie, déclara-t-il. Nous avons à nouveau besoin de vous entendre. Cette fois-ci, nous aimerions connaître votre avis sur cette carte postale.

Monsieur Houérou approcha de son visage la statue de la Vierge, la retourna, puis colla le carton contre ses lunettes à double foyer. Il l'examina attentivement et fronça ses épais sourcils.

— Une triste histoire parmi tant d'autres… À la fin de la guerre, les Allemands ont arrêté un couple et leur petite fille cachés chez les Péron. Dénoncés à la Gestapo, sans aucun doute.

— Comment s'appelaient-ils ?

— C'était la famille Jacob.

Muriel retint sa respiration.

Elle ne portait plus le nom de ses parents, mais celui, bien breton, de « Le Gall[17] », le plus répandu en Bretagne, dont la signification lui allait comme un gant. Les Péron avaient choisi ce patronyme pour la protéger et il lui était resté. Les personnes au courant de son appartenance à la famille Jacob se comptaient sur les doigts d'une main. Muriel désirait garder le secret.

— Les Péron de Goas Vilinic ? demanda le chef Dupuy.

— Oui. Le monsieur est décédé. Son épouse demeure toujours là-bas.

L'adjudant sortit du bureau et appela :

17. *Qui vient d'ailleurs.*

— Mérieux, cet après-midi, vous rendrez visite à madame Péron à Goas Vilinic, au départ du chemin de halage. Vous lui poserez des questions sur l'arrestation des Jacob. Muriel vous accompagnera. Muriel, vous connaissez cette dame, je crois.

La jeune femme, un instant déstabilisée, acquiesça. Dupuy et ses collègues, affectés à Pontrieux bien après la fin de la guerre, ignoraient ses origines juives. L'adjudant, lui, avait vécu quelques années à Pontrieux quand il était gamin, puis ses parents avaient déménagé. Il s'était donc renseigné sur elle avant de valider son embauche pour l'été et était informé de son passage en famille d'accueil chez les Péron. Elle lui sut gré de ne pas le mentionner. Personne, excepté lui, n'était au courant à la gendarmerie. Non qu'elle en fût honteuse, mais elle ne souhaitait pas que cet aspect de sa vie soit étalé. Éric Le Bec par exemple se serait engouffré sans scrupule dans la brèche.

Soulagée d'accompagner Mérieux, Muriel espérait convaincre sa Tantine de garder le secret.

Martin Dupuy poursuivit :

— Maintenant, monsieur Houérou, nous aimerions que vous nous racontiez par le détail cette nuit de 44, quand cet officier allemand a été exécuté. Muriel, êtes-vous prête ?

Depuis ses différentes découvertes, Muriel avait gagné la considération de son supérieur.

— Oui, adjudant-chef.

— Monsieur Houérou, nous vous écoutons.

Intarissable sur cette époque mouvementée de la guerre, le vieil homme se prêtait de bonne grâce au questionnement.

— Voilà. Je m'en souviens comme si c'était hier. J'ai quelques problèmes de mémoire, mais cette période-là, je ne l'ai jamais oubliée. Nous étions jeunes. J'étais le plus âgé du groupe, une quarantaine d'années environ. Alors, on m'écoutait, la plupart du temps. Ce soir-là, devait se produire un parachutage au champ de courses de Traou Meledern. L'endroit est tranquille, surtout la nuit. Pas de maisons à proximité. Le camping se trouve pas loin de là maintenant, mais à l'époque, il y avait juste l'usine à lin et la carrière de Châteaulin. Daniel Delahaye habitait dans le coin, mais ce n'était pas un problème : il était des nôtres.

— Le fleuriste ?

— Oui, tout à fait. D'ailleurs, c'était lui qui nous avait recommandé Carré-Kerizel et ses collègues de la chorale, Allainmat et Brigand, qui désiraient rejoindre notre réseau. Mais pour cela, c'était la règle, ils devaient faire leurs preuves. Daniel leur a proposé un marché : capturer un officier allemand et nous le livrer. Il nous servirait de monnaie d'échange pour libérer des camarades à nous, arrêtés par les Boches lors d'une tentative de sabotage. Nos amis du maquis de Squiffiec, « Les voyous de Squiffiec », avaient effectué avec succès une opération du même genre.

— Les voyous ? demanda l'adjudant-chef.

— En 1944, c'était le nom donné aux patriotes par les « bons français », répondit le vieil homme d'un air soudain très las.

Il s'interrompit un instant et s'épongea le front. L'adjudant appela :

— Le Bec, va chercher de l'eau pour monsieur Houérou.

L'élève gendarme s'exécuta de mauvaise grâce et revint avec un verre et une bouteille. Muriel ricana et toussota discrètement.

— Squiffiec, disiez-vous ? demanda le chef Dupuy.

— Cet enlèvement d'un officier boche de Pontrieux, un nazi « pur-sang » redouté pour sa cruauté, était raconté dans tous les maquis des Côtes-du-Nord. Désiré et ses compagnons ont remonté la rivière en barque : la maison qu'il avait réquisitionnée donnait sur les berges du Trieux.

— Cette affaire l'aura peut-être inspiré, réfléchit l'adjudant-chef à voix haute. Donc, sur les conseils de Daniel Delahaye, Carré-Kerizel et ses acolytes avaient décidé de capturer un Allemand ?

— Personne n'était dupe. Pontrieux est une petite ville, tout le monde sait tout sur tout le monde. L'imminence de la fin de la guerre, l'envie de se racheter une conduite. Ils ont été nombreux à se découvrir résistants à cette époque-là.

Jean-Pierre Houérou se mit à faire tourner entre ses doigts le ruban rouge de la Légion d'honneur fixé à sa boutonnière et poursuivit son récit :

— En cette veille de pardon de Notre-Dame-des-Fontaines, les trois hommes ont suivi l'officier jusqu'au lavoir du Salbatar. Une jeune femme s'y trouvait déjà. À ce qu'il paraît, elle appréciait bien le *Ferdkommandant* ; elle l'a bien payé par la suite.

Muriel leva les yeux de sa machine à écrire. Une jeune femme amoureuse d'un officier allemand ? Ça lui rappelait bien quelqu'un.

— Qu'entendez-vous par là ? demanda l'adjudant-chef.

— Elle a été tondue à la Libération, continua l'ancien résistant. La pauvre petite n'a pas supporté l'humiliation ; elle s'est donné la mort par la suite. On l'a retrouvée près des lavoirs. Triste histoire, c'est moche la guerre.

— Racontez-nous dans le détail ce qui s'est passé.

— D'après Carré-Kerizel, les trois hommes ont entendu des cris et sont tombés sur la scène de l'officier violentant cette jeune fille, pas du tout consentante pour le coup. Ils sont arrivés trop tard, le mal était fait. Ils se sont jetés sur l'agresseur, l'ont bâillonné, ceinturé et ligoté avec une corde. Ils ont proposé à la pauvre enfant de la reconduire chez elle, mais, terrorisée, elle s'est sauvée aussi vite qu'elle a pu. Imitant les résistants du maquis de Squiffiec, les trois hommes ont jeté l'Allemand dans une barque amarrée le long du lavoir et, en ramant, ont remonté le Trieux jusqu'à la berge de la propriété des Delahaye. Daniel les a ensuite accompagnés sur le champ de Traou Meledern, situé pas très loin. Nous étions occupés à la réception des parachutages britanniques. Le message de l'émission *Les Français parlent aux Français* était : « *Pontrieux, coin trois fois délicieux. Je répète Pontrieux, coin trois fois délicieux* ». Trois largages de containers devaient avoir lieu. Mais l'un d'entre eux et une panière ne sont jamais arrivés à destination. Nous les avons cherchés, en vain, toute la nuit, au risque de nous faire prendre. Quand le Sten a été retrouvé dans le canal, j'ai tout de suite pensé à ce container perdu. Perdu ? Tombé dans les fourrés nombreux dans cette zone ? Dans le Trieux ? Possible. Peut-être. Volé, plus vraisemblablement.

— Qu'y avait-il à l'intérieur ?

— Des pistolets-mitrailleurs Sten, des munitions, des grenades, entre autres. Et dans la panière, des vivres et de l'argent pour financer la Résistance pour la fin de la guerre.

Donc Kerizel, Allainmat et Brigand sont arrivés triomphants et ont livré le Boche. Quand il a appris l'histoire du viol, un des camarades est entré dans une rage folle. Un Allemand avait également violenté sa jeune sœur qui ne s'en était jamais remise. Aidé par un autre, il l'a traîné dans un coin du champ et l'a ligoté à un arbre. Certains d'entre nous avaient le sang chaud et cette foutue guerre qui n'en finissait pas usait nos nerfs. Ils ont exécuté l'officier. J'étais impuissant. Plusieurs d'entre nous désapprouvaient cet acte ; nous venions de perdre une précieuse monnaie d'échange.

— Et ensuite ?

— Tout le monde a loué le courage de Carré-Kerizel, Allainmat et Brigand pour ce haut fait de résistance. Cet officier, illustrant une fois de plus les instincts criminels et pervers de sa race, avait abusé de la jeune fille naïve, tombée amoureuse de lui. Les trois hommes ont accompagné à grands cris de haine l'exécution de leur otage. Je les ai trouvés un peu trop enthousiastes.

— Que sous-entendez-vous ?

— Daniel a témoigné en leur faveur à la Libération et leur a évité le procès. Ils ont été blanchis des possibles dénonciations qu'ils auraient rédigées. Ça s'est dit un moment donné, mais il n'y avait aucune preuve de leurs méfaits. La période, tourmentée, laissait peu de place au doute.

— Jusqu'à aujourd'hui… lâcha Dupuy.

— Pardon ?

— L'affaire est en cours. Merci, monsieur Houérou, pour votre déposition. Désirez-vous ajouter quelque chose qui pourrait nous aider pour l'enquête ?

— Je pense avoir tout dit. Quoique… non.

— Dites toujours.

— Elvire était enceinte quand elle a été tondue.

— Enceinte ?

— Oui, de l'officier allemand. Deux versions s'affrontaient. Les uns affirmaient que cette salope était consentante, qu'à cet âge-là on est responsable de ses actes, qu'elle connaissait les conséquences, qu'elle l'avait bien cherché, que par la faute de sa mère cet enfant serait maudit et, que de toute façon, enceinte ou pas, elle devait être punie. Les autres, moins nombreux, plaignaient la victime de viol et jugeaient qu'elle ne méritait pas d'être tondue. Je faisais partie de ceux-là. Cette haine à l'encontre de femmes, certaines très jeunes, m'était insupportable. L'urgence était de rétablir la paix, pas d'entretenir cette violence. J'ai refusé de participer à ce lynchage, mais je ne l'ai pas empêché. Je le regrette chaque jour que Dieu fait.

Muriel observait du coin de l'œil l'adjudant, manifestement embarrassé.

— Quel est le nom de cette jeune fille ? demanda Martin Dupuy au vieux résistant. L'enfant doit avoir une trentaine d'années à présent.

— Touzé, répondit Jean-Pierre Houérou. Elvire Touzé.

— Touzé ? s'exclama Martin Dupuy.

— Oui, *touzed* signifie « tondu » en breton, crut bon d'ajouter Jean-Pierre Houérou. Son nom était donc bien prédestiné.

— Touzé ? Comme Sylviane Touzé ?

— Oui, tout à fait.

— Elle nous a fait visiter l'usine. Je n'avais pas établi le rapprochement. Merci pour tous ces renseignements très intéressants. Muriel, veux-tu bien demander au gendarme Le Bec de ramener monsieur Houérou chez lui ?

— Bien sûr, adjudant-chef, répondit Muriel l'air faussement enjoué. Avec plaisir…

— Et ensuite, tu repasseras dans mon bureau, s'il te plaît.

— Oui… entendu… à vos ordres, adjudant-chef… bredouilla l'apprentie gendarme soudain inquiète.

— Nous allons interroger cette Sylviane, déclara l'adjudant-chef. Nous tenons peut-être notre coupable, cette fois ? Enfin, n'allons pas trop vite en besogne, il reste d'autres pistes à explorer.

Muriel se dit que plus rien ne stopperait l'engrenage infernal. La mère de Sylviane était donc la femme du lavoir. Sylviane menait sa propre enquête elle aussi. Dans quel but, si elle avait tué ces hommes ? Avec satisfaction, la jeune femme enjoignit Éric Le Bec à raccompagner Jean-Pierre Houérou, puis frappa à la porte du bureau de son chef.

— Entre, Muriel. J'ai une question : cette Sylviane est ton amie, je crois ?

— Euh… Oui, on peut dire ça.

— T'aurait-elle, par hasard, touché un mot de ses agissements ?

— Non pas du tout. Nous sommes amies d'enfance mais le temps a passé. Je ne suis pas sa confidente.

— Rien ? Pas même un détail au détour d'une conversation ? À aucun moment elle ne t'a paru suspecte ?

— Non, je n'ai rien remarqué, mentit Muriel en repensant au journal volé et aux questions trop curieuses de son amie. Malgré tout, si je peux me permettre de donner mon avis…

— Dis toujours…

— Je doute qu'elle soit coupable.

— Ah, tiens donc, et pourquoi ?

— Elle n'a pas le profil d'une tueuse je trouve, ni le gabarit…

— L'expérience nous enseigne de ne jamais se fier aux apparences. On en a vu d'autres à qui l'on aurait donné le Bon Dieu sans confession !

— Je sais que je manque d'expérience… commença Muriel.

— Il me plaît de te l'entendre dire ! s'écria le chef Dupuy en levant les sourcils au ciel. Tu ne manques pas d'expérience, tu n'en as pas du tout.

— Lors du décès de la première victime, Anselme Allainmat, en 1945, continua Muriel sans se laisser démonter, Sylviane n'était âgée que de quelques mois…

— Certes, tout cela est troublant. Bon, nous allons tenter de tirer cette affaire au clair. Tu peux disposer.

Muriel ne se fit pas prier et, heureuse de ne pas avoir à répondre à d'autres questions, s'empressa de quitter la pièce.

*

En début d'après-midi, le gendarme Mérieux et Muriel empruntèrent la 4L de service et se dirigèrent vers Goas Vilinic. Muriel demanda une faveur à Marcel qui ne pouvait rien lui refuser :

— Tu vas l'épouvanter à débarquer avec ton képi et tes grosses bottes. Laisse-moi la prévenir de ta visite.

— Ce n'est pas très réglementaire, mais bon si tu veux.

— Merci, Marcel.

Muriel frappa à la porte ; madame Péron ouvrit. Debout devant la voiture de la gendarmerie, Marcel les observait. Muriel s'engouffra à l'intérieur de la maison avant que sa Tantine ne l'embrasse et lança sans reprendre son souffle :

— Tantine, écoute-moi bien, je n'ai pas trop le temps. Un collègue arrive te poser des questions à propos de mes parents et de leur arrestation. S'il te plaît, ne dis pas que je suis leur fille.

— Tu as honte de ta famille ?

— Non, non, Tantine, bien entendu.

— Tu me demandes de mentir aux gendarmes ?

— Ce n'est pas un mensonge, juste une omission. Raconte simplement ce que tu sais, mais ne parle pas de moi. S'il te plaît, s'il te plaît… je t'expliquerai plus tard.

Elle prit les mains de sa Tantine et les pressa contre son cœur.

— Je ne comprends rien, mais bon c'est prrromis.

Le gendarme Mérieux pénétra dans la pièce. Muriel lâcha la vieille femme à temps. Celle-ci raconta par le détail l'arrivée à la nuit tombée à Goas Vilinic de la famille juive. Les Jacob avaient été prévenus de la rafle qui devait avoir lieu dans leur quartier à Guingamp. Georges Péron, en relation avec des résistants, cheminots comme lui et membres d'un réseau guingampais, avait accepté de cacher le couple et leur petite fille chez lui à Pontrieux.

La Tantine tint sa promesse et ne mentionna pas que la dame était enceinte. Personne ne s'en était rendu compte, le bébé était minuscule. Par chance, madame Péron avait été la sage-femme de la commune, du temps où les naissances avaient encore lieu à domicile. L'accouchement, effectué dans le plus grand secret, s'était bien passé.

— Merci pour toutes ces informations, madame Péron, conclut le gendarme Mérieux. Nous reviendrons au besoin. Bonne fin de journée.

— De rrrien, je demeure à votre disposition, bonne fin de journée à vous aussi.

Avant de partir, Muriel adressa à sa Tantine un remerciement muet du bout des lèvres. Le sourire noyé qu'elle récolta en retour brisa son cœur orphelin.

11

Aux aurores, les gendarmes se présentèrent devant la propriété Touzé. Muriel insista pour être présente. Mérieux cogna à la porte. Sylviane se montra à la fenêtre et fit signe qu'elle descendait. Quelques instants plus tard, elle apparut sur le seuil.

— Nous allons procéder à la perquisition de votre domicile ! déclara l'adjudant-chef.

L'ensemble de la brigade se déploya dans la maison. Toute menue dans une chemise de nuit de coton blanc qui avait dû appartenir à sa mère, Sylviane se tenait debout, hébétée, au milieu du capharnaüm. Si fragile, touchante presque, femme enfant. Comment imaginer qu'elle ait pu être impliquée dans ces meurtres ? Muriel mourrait d'envie de se précipiter vers elle pour la consoler. Mais elle devait se montrer professionnelle, même si aucun rôle précis ne lui avait été attribué pendant la perquisition.

Dans la chambre de Sylviane, comme dans le reste de la maison, les gendarmes décrochèrent tous les tableaux. Le Bec attrapa le cadre sur la table de chevet, le démonta et en sortit le portrait de la jeune femme. Il prit une pose que Muriel considéra comme tout à fait déplacée et marmonna une réflexion du genre « Canon, la nana ». Puis, comme si ses doigts le brûlaient, il laissa choir la photographie sur le lit. Sylviane se précipita et, sous l'œil vicelard de l'élève gendarme, la pressa contre son cœur.

La perquisition s'avéra un échec. Muriel se félicita d'avoir subtilisé l'article de journal relatant la séance de tonte. Ce détail aurait accablé Sylviane.

Avant de partir, Marcel Mérieux, planté devant le piano, commença à tapoter les touches. Muriel avait bien remarqué qu'il lorgnait l'instrument depuis un moment.

— Vous permettez ? demanda-t-il à Sylviane.

— Il n'est pas accordé… bredouilla-t-elle.

Elle eut un étourdissement. Muriel se précipita vers Mérieux et referma d'autorité le couvercle. Le gendarme ôta ses doigts à temps.

— Eh, qu'est-ce qui te prend ? protesta-t-il.

— Stop, Marcel ! ordonna le chef Dupuy.

Mérieux se retourna, confus.

— Je suis désolé, mademoiselle, marmonna-t-il. Vous avez raison, ce piano n'est pas accordé, il y a même des touches qui ne s'enfoncent pas du tout.

— Comment ça, pas du tout ? s'écria l'adjudant-chef.

Perplexe, Muriel observait Sylviane et sa mine déconfite.

Le gendarme Mérieux souleva l'abattant, plongea sa main sous les marteaux des notes les plus aiguës, brandit à la lumière une grande enveloppe kraft, et l'ouvrit.

— C'est un paquet de cartes postales de Notre-Dame-des-Fontaines. Toujours les mêmes. Derrière chacune d'elles est écrite une lettre de délation. Anonyme bien entendu.

Muriel étouffa un cri de surprise. Qui avait dénoncé qui cette fois ?

— Mademoiselle Sylviane Touzé ! s'exclama le chef Dupuy. Cela mérite une explication. Vous allez nous suivre à la gendarmerie. Le Bec, emmène mademoiselle Touzé dans sa chambre pour qu'elle s'habille.

— Je vais l'accompagner ! décida Muriel. Une femme c'est mieux pour ces choses-là.

— Ah, d'accord, fit Dupuy en haussant un sourcil hésitant, faites vite.

Il rechaussa ses lunettes en écaille. Muriel et Sylviane grimpèrent l'escalier. Le visage de Sylviane, tremblant et fragile auparavant, s'était soudain fermé, durci, en un mutisme rageur. Muriel ne reconnaissait plus son amie et commençait à considérer que les apparences se révélaient quelquefois trompeuses.

— C'est quoi ces lettres ?

— Fiche-moi la paix. C'est mon problème.

— C'est aussi celui de la gendarmerie maintenant.

— Dès que je peux, je me fous en l'air, comme ma mère.

— Ne raconte pas de bêtises. T'es plus forte que tu ne veux le laisser paraître. Tu vas t'expliquer. Et tout ira bien.

— Rien n'a jamais été bien dans ma vie. Ce n'est pas maintenant que ça va s'arranger. Ils n'ont pas trouvé le journal, c'est toi qui l'as ?

— Oui.

— Je m'en doutais. Formidable amie que j'ai là, qui fouille dans mes affaires !

— Tu peux parler ! répliqua Muriel. Formidable amie qui, avec son air de sainte-nitouche, mène sa p'tite enquête et est accusée de meurtre ! Ils sont au parfum de toute façon pour Elvire. C'est moi qui risquais des problèmes pour t'avoir emmenée à Guingamp.

— Ben voilà, tu le sais maintenant, je suis la fille de ce Müller, c'est pour ça qu'on m'appelait « la bâtarde » à l'école, tu te rappelles ?

— Oui, je me rappelle maintenant. Moi, quelques enfants m'appelaient « la fille du youpin », sans savoir ce que le mot signifiait, je pense. Un des parents d'élèves avait dû vendre la mèche pour ma mère et mon père…

— « La bâtarde », c'était aussi une référence au lieu où j'ai été conçue, le lavoir du Salbatar, continua Sylviane. Les gens font preuve de beaucoup d'imagination quand il s'agit d'humilier leur prochain. Voilà la belle histoire de ma vie.

— Quand on était petites, je soupçonnais un secret de ce genre, dit Muriel. Mais à l'époque, on causait pas des choses qui fâchent. Fallait se taire, les gamins n'avaient pas droit à la parole et on ne leur confiait pas grand-chose des affaires des grands. Ma Tantine disait toujours : « Un enfant poli ne demande jamais le pourquoi. »

— Ce n'est pas vraiment le moment de me parler de ta Tantine… soupira Sylviane tout en s'habillant, je m'apprête à passer le reste de mes jours en prison.

Une voix résonna du bas de l'escalier.

— Muriel, tu arrives ?

Sylviane fourra à la hâte quelques affaires dans un petit sac de voyage, puis altière, vêtue d'une des robes de sa mère, apparut la première en haut des marches, collier de perles blanches autour du cou. Même Le Bec fut impressionné. Elle traversa la salle, les gendarmes s'écartèrent sur son passage. Ne manquait plus que la croix sur le dos pour parfaire le tableau de la sacrifiée.

*

Sylviane fut interrogée à la gendarmerie l'après-midi même.

— Nom ? Prénom ? Date de naissance ?

— Sylviane Touzé. Je suis née le 25 avril 1945.

— Nom de votre mère ?

— Elvire Touzé.

— Sylviane Touzé, à compter de cet instant, je vous déclare en garde à vue.

Sylviane, droite sur sa chaise, haussa imperceptiblement les épaules. Elle avait décidé de ne rien dire. Mais l'adjudant-chef en avait fait parler des plus coriaces.

— Donnez-nous votre version des faits. Comment vous êtes-vous procuré ces lettres de dénonciation ?

Un silence glacial régnait dans la pièce. L'adjudant-chef commença à tapoter sur son bureau avec son crayon et, signe suprême d'agacement, à se frotter énergiquement le crâne.

— De toute façon, nous finirons bien par le savoir, autant nous le dire tout de suite.

Sylviane respira profondément. De derrière sa machine à écrire, Muriel, pour l'inciter à parler, lui lançait des regards appuyés accompagnés de coups de menton en avant.

Petite idée derrière la tête, Dupuy quitta un moment la pièce. Les deux femmes se retrouvèrent seules un court instant. Sylviane sortit de son mutisme.

— S'il te plaît, Muriel, rends-moi un dernier service : va visiter mademoiselle Henriot dès que tu pourras. Elle va se demander pourquoi je ne suis pas passée aujourd'hui.

— Pas de problème, c'était prévu. Elle a matière à s'inquiéter, oui, ta maîtresse d'école. Sylviane, raconte tout aux gendarmes. Tu n'as pas le choix.

— C'est foutu de toute façon, on va tout me mettre sur le dos.

— Ces types étaient des pourritures de collabos. Tu obtiendras des circonstances atténuantes. Avoue, le jury comprendra.

— Tu ne sais pas tout, Muriel.

— Comment ça ?

— Rien. Si on m'emprisonne, je me pendrai.

L'adjudant-chef, l'air décidé, pénétra dans le bureau et interrompit la conversation.

— Reprenons. Parlez-nous des lettres que nous avons trouvées chez vous.

— Grâce à mon travail au musée de la Résistance dans la région parisienne, commença Sylviane, j'ai réussi à avoir accès à des documents secrets des archives encore protégés par le délai de communicabilité. J'ai mis la main sur ces lettres de dénonciation anonymes, certaines écrites sur des cartes postales que j'avais reconnues comme représentant Notre-Dame-des-Fontaines. L'une d'entre elles, par exemple, signalait la présence d'une famille de Juifs chez les Péron.

À la grande satisfaction de l'adjudant-chef, Sylviane avait recouvré la parole. En pensée, Dupuy loua le pouvoir de persuasion de Muriel, et sa propre intuition.

Il s'empressa d'enchaîner les questions avant qu'elle ne change d'avis :

— Vous voulez bien parler des Jacob ?

— Oui. Un couple et leur petite fille.

Sylviane ne trahit pas Muriel, à son grand soulagement.

— Voilà donc la suite de l'histoire de ce brouillon découvert à la cartonnerie ! remarqua le chef Dupuy. Un courrier a bien été envoyé finalement. Une autre dénonciation concerne votre mère.

— Celle-là date de la fin de la guerre. Quelqu'un a voulu se débarrasser d'Elvire Touzé. Elle était accusée de transmettre des messages à la résistance.

— Pourquoi, à votre avis, désirait-on se débarrasser d'elle ?

— Pour la faire taire, certainement. Elle savait des choses. Mais cette dénonciation n'a pas abouti.

— Des choses ? Connaissez-vous l'auteur de ces lettres ?

— Oui.

— Parlez, je suis las de vous tirer les mots de la bouche.

L'adjudant-chef rechaussa ses lunettes en écaille.

— L'auteur, c'est Charles Carré-Kerizel, déclara Sylviane.

— Vous en êtes certaine ?

— Oui. Ces dénonciations-là étaient tapées à la machine. J'ai remarqué qu'il manquait la moitié d'une lettre, le « C ». À mon arrivée à la cartonnerie, le hasard a fait que je tombe sur un document qui présentait le même défaut. J'ai alors testé toutes les machines à écrire. Sur celle de la secrétaire de Charles Carré-Kerizel, le « C » s'imprimait mal aussi. J'en ai déduit que c'était lui l'auteur de ces ignominies. Il devait attendre de se retrouver seul le soir dans son bureau pour se livrer à ses turpitudes. Pour assurer son coup, il a également envoyé une lettre de dénonciation aux autorités françaises à la Libération. Il y accusait ma mère de « collaboration horizontale avec l'occupant allemand ». Sur les deux calomnies, une aboutirait bien. C'est ce qui est arrivé : ces salopards ont tondu ma mère.

Sylviane se mordit la lèvre à sang. Une goutte perla et tacha son col Claudine. Le chef Dupuy commençait à perdre patience.

— Mademoiselle, reconnaissez-vous avoir tué Charles Carré-Kerizel ?

— Enfin…

Sylviane fut prise d'un irrépressible clignement d'œil. Muriel retint son souffle.

— Enfin quoi ? Je répète ma question, reconnaissez-vous avoir tué Charles Carré-Kerizel ?

— Enfin… non, non, enfin je ne l'ai pas tué, bredouilla Sylviane en plissant ses yeux. Même s'il l'a dénoncée ensuite aux autorités, même si le mal était déjà fait, il est quand même arrivé à temps au lavoir pour arracher ma mère des mains de Müller. Il lui a peut-être sauvé la vie… à ce moment-là en tout cas.

— Ne cherchez pas à nous embrouiller, il l'a dénoncée. Point. Tout vous accuse, mademoiselle. Vous êtes de petite taille et menue, vous correspondez au signalement donné par Bonaventure Lagadec. Le bedeau affirme avoir croisé une personne de votre gabarit dans le Grav Stivellou. Est-ce vous ?

— Je n'ai aucune raison d'emprunter ce sentier. Ce n'est pas ma route. Je ne passe jamais par là à pied.

— Admettons. Mais vous possédez un mobile et non des moindres : venger votre mère.

— C'est vrai. J'en ai rêvé, mais je ne l'ai pas tué.

Le chef Dupuy n'imaginait pas vraiment une personne aussi frêle en criminelle, mais trop d'indices l'accusaient et il en avait vu d'autres. Il s'efforça de laisser de côté ses doutes. Il avait le sentiment que la jeune femme lui cachait quelque chose.

— Admettons… Et pour Bernard Brigand ? En 1973, vous vous trouviez là ? continua Dupuy.

— Oui. J'ai également rêvé de l'éliminer, celui-là.

— Pour quelle raison ?

— Il était complice de Carré-Kerizel.

— L'avez-vous tué ?

— Non, Bernard Brigand s'est donné la mort : il s'est jeté dans l'eau près du lavoir et s'est noyé. Il ne savait pas nager.

Muriel eut le sentiment que Sylviane récitait mot pour mot les termes de l'article de journal relatant le suicide.

— Est-ce vous qui avez expédié ces cartes à Bernard Brigand et Charles Carré-Kerizel avant leur mort ?

— Eh bien…

— Est-ce vous ?

— …

— Répondez à ma question : est-ce vous ?

— Euh…

— Est-ce vous ? répéta Martin Dupuy, exaspéré.

— Oui, oui, si vous voulez, c'est moi.

— Pour Anselme Allainmat, vous étiez bébé, reprit l'adjudant-chef en réfléchissant à voix haute. Votre mère travaillait chez lui comme coiffeuse, je crois me rappeler ?

— C'est exact. Son patron a bu un coup de trop pour fêter l'anniversaire de la Libération, à ce qu'il paraît. Il a basculé par-dessus le parapet, au même endroit que Carré-Kerizel, quelque temps après le suicide de ma mère. C'est un accident.

— Vous n'avez pas pu lui envoyer de photo de la Vierge. Qui l'a fait ?

— Je ne…

Sylviane baissa les yeux et se réfugia brusquement dans un profond mutisme. Martin Dupuy, exaspéré, déclara :

— Nous reprendrons cet interrogatoire plus tard. J'espère que vous vous montrerez plus coopérative. Un avocat vous sera attribué d'office.

Sylviane fut conduite en cellule. En sortant du bureau, elle s'efforça de ne pas croiser le regard perplexe de Muriel. Bouleversée, l'apprentie gendarme se décomposait de l'intérieur, mais n'en laissait rien paraître. Sylviane avait-elle menti ? Si elle était innocente, qui avait tué Carré-Kerizel ?

12

Muriel sortit de la gendarmerie et traversa le parking. Pour s'imprégner des lieux décrits par Bonaventure Lagadec, plutôt que de descendre directement en ville, elle emprunta le Grav Stivellou qui dominait Pontrieux. Elle avait besoin de prendre l'air. L'histoire de Sylviane l'ébranlait.

Main dans la poche, la jeune femme, du bout des doigts, manipulait son couteau, cadeau d'un SDF rencontré un soir. Un couteau à cran d'arrêt totalement interdit, doté d'une lame insensée, qu'elle portait toujours sur elle.

Pour exorciser l'angoisse irrationnelle qui l'étreignait, Muriel, tout en marchant, autorisa des souvenirs bien réels à envahir son esprit. Cette nuit-là, elle dormait une fois de plus à la belle étoile. La belle étoile, quelle jolie expression ! Pour un sans-abri, elle cachait une réalité bien moins poétique : la précarité, l'insécurité, le froid… Oui, elle est belle l'étoile, le seul problème c'est qu'elle ne réchauffe pas, le seul problème c'est qu'elle ne protège pas, le seul problème, c'est qu'elle guide aussi bien la victime que l'assassin.

À l'abri d'une arche du pont d'Austerlitz, Émile, un de ses compagnons des soirs sombres, lui avait tenu chaud, avait veillé sur elle, sans rien lui demander en retour. Elle changeait d'abri chaque nuit, cave, cage d'escalier… évitait le métro et les halls de gares, moins sûrs encore. Ils étaient le théâtre régulier d'agressions et de contrôles de police. Elle s'y rendait de jour, pour une toilette sommaire. Garder figure humaine malgré tout. Elle ne mendiait pas, elle s'y était toujours refusé, elle préférait voler. Pour elle, ce n'était pas un délit, c'était justice.

Émile, barbe longue et vêtements raides de crasse, s'était laissé glisser vers le point de non-retour. Il n'osait plus contacter sa fille de l'âge de Muriel. Honte, perte d'emploi, séparation avec son épouse, boisson, manque d'argent… engrenage infernal. « Ce couteau, tu en auras davantage l'utilité, avait-il déclaré. Je m'en procurerai bien un autre. Une femme sans domicile fixe, il peut lui arriver n'importe quoi. » Une belle rencontre, avec une personne paumée, mais humaine jusqu'à la moelle. Un monde sans pitié, au cœur duquel existait cependant une véritable solidarité.

Le sentier Grav Stivellou n'était pas très fréquenté : les dernières pluies l'avaient rendu extrêmement boueux et glissant. La mairie avait installé à l'entrée un panneau avertissant du danger. La montée était raide mais le panorama sur Pontrieux en valait la peine. Muriel ressentait l'impérieux besoin de se changer les idées après les événements des derniers jours. Elle s'engagea dans le sentier et entama la montée. Sportive, elle n'était pas du tout essoufflée.

Soudain, une respiration haletante parvint à ses oreilles, là, derrière elle. Quelqu'un la suivait, c'était certain, quelqu'un animé de mauvaises intentions car, vu l'état du sentier, qui se serait risqué à l'emprunter ? Quelle idée avait-elle eue de passer par cet endroit désert ! Un pressentiment morbide l'envahit soudain. Ces derniers jours, elle s'était sentie épiée ; l'enquête qu'elle menait de son côté ne plaisait pas à tout le monde. Aurait-elle été aperçue sortant de chez Carré-Kerizel ? Son amitié avec Sylviane dérangeait-elle quelqu'un ? En réflexe de défense acquis lorsqu'elle était une fille de la rue, elle serra plus fort son couteau dans sa poche.

La nuit commençait à tomber, l'ambiance devenait oppressante. Le ciel très bas s'écrasait dans la fange. Entre le long mur et le talus, Muriel entendit des pas plus rapides dans son dos et accéléra l'allure. Elle hésita à se réfugier derrière la porte en bois protégeant la fontaine, comme Lagadec avant elle pour se préserver de l'orage. Le conseil d'Émile lui revint en mémoire : « Ce couteau, ne t'en sers qu'en toute dernière extrémité, si ta vie est en jeu. C'est une arme et elle peut se retourner contre toi. Si tu en as la possibilité, choisis la ruse, l'évitement ou la fuite. C'est une question de survie. »

Lagadec avait omis de cadenasser la porte. Muriel la poussa et se recroquevilla derrière, honteuse d'agir ainsi, ce n'était pas dans son caractère. À travers les interstices des planches, elle vit passer un homme vêtu de noir au visage recouvert d'une cagoule, et crut apercevoir, dépassant de sa poche, l'éclat d'un métal blanc. Une arme à feu ? Elle avait eu raison d'éviter l'affrontement. Elle n'aurait pas pu rivaliser, même avec son couteau. Cet individu projetait-il de l'agresser ? Que craignait-il ? La coupable ne se trouvait-elle pas sous les verrous ?

Elle attendit un moment, le temps qu'il s'éloigne, s'extirpa de sa cachette, rebroussa chemin, et, le plus vite possible, retourna en direction de son appartement.

Une fois sur le parking, Muriel ralentit l'allure et reprit son souffle. Elle songea un instant raconter sa mésaventure à la gendarmerie, mais après réflexion, renonça. Question d'honneur pour elle de régler cette affaire toute seule ! Elle désirait garder un œil sur l'enquête et tenter de sortir Sylviane de cette impasse. Et puis, en vérité, il ne s'était rien passé.

Elle remonta dans son appartement, frotta ses cheveux dégoulinants avec une serviette de toilette, se déshabilla et balança ses fringues trempées dans un coin de la chambre par-dessus un tas déjà conséquent d'habits malodorants en attente d'un hypothétique lavage. Puis elle se mit en quête d'un vêtement sinon propre, du moins sec et potable à porter, dénicha dans son armoire un tee-shirt sans forme, en renifla le dessous-de-bras, haussa les épaules, hésita et, faute de mieux, l'enfila. Elle posa son pantalon sur le rebord de la fenêtre ouverte, puis, jambes nues croisées, s'installa devant ses portes de placard.

Ses yeux errèrent de photo en photo. Tout à coup, un détail sur celle du départ à la retraite de Bernard Brigand l'interpella. Comment ne l'avait-elle pas remarqué plus tôt ? La jeune personne à gauche de Bérengère Brigand, on aurait dit que c'était Sylviane. C'était elle ? Mais non, c'était un garçon : le fils du récipiendaire, un beau jeune homme. Le portrait craché de son amie, son double. Les mêmes fines bouclettes, le même sourire ; rien ne manquait, jusqu'à la fossette au creux de la joue gauche. Le regard de la femme inconnue semblait rivé sur lui. Avait-elle donc observé la ressemblance elle aussi ? Pourquoi Sylviane avait-elle changé de couleur de cheveux depuis son dernier séjour à Pontrieux ? Si ce Bernard Brigand était le père de Sylviane, cela voulait dire, cela voulait dire que…

Muriel n'avait pas oublié sa promesse : rendre visite à mademoiselle Henriot. Mais l'heure était tardive et elle souffrait d'un violent mal de tête. Elle irait le lendemain matin, avant de prendre son poste. Si elle en trouvait le courage et si la santé de la vieille institutrice le permettait, elle lui poserait quelques questions.

*

Muriel se leva de bonne heure, alluma le feu sous une vieille bouilloire émaillée, attrapa sur l'étagère un énorme pot de café soluble, y plongea une cuillère à soupe, jeta la dose dans une tasse, versa de l'eau bouillante, goûta, se brûla la langue et finalement ajouta une autre dose. Elle choisit sa tenue la plus convenable, s'habilla – évita sa tenue de camouflage, mademoiselle Henriot oblige –, sauta dans ses rangers, sortit, passa devant le lavoir du Salbatar, franchit la passerelle et déboula place de la Liberté sur laquelle s'installaient les premiers forains du marché hebdomadaire. Elle s'engagea dans la rue des Galeries et se dirigea vers l'école. La grille du portail était entrouverte. Muriel traversa la cour déserte, monta les escaliers quatre à quatre et frappa à la porte de l'appartement. Pas de réponse. Elle entra et, sans faire de bruit, jeta un œil dans la chambre et aperçut mademoiselle Henriot dans son lit, profondément endormie, draps froissés remontés jusqu'au menton. Ainsi abandonnée, chignon défait, cheveux blancs épars sur l'oreiller, elle paraissait encore plus âgée et tellement fragile. Muriel ne la réveilla pas : en arrivant, un secrétaire avait attiré son attention, elle mourrait d'envie d'y jeter un œil.

À l'intérieur du meuble élégant, tout était parfaitement bien classé : feuilles d'un côté, crayons de l'autre… Rien ne dépassait. « *Un vrai rangement de maîtresse* », pensa Muriel en souriant. Elle fit glisser le premier tiroir. Il contenait deux boîtes bien fermées. Muriel ouvrit la première. Surprise, elle découvrit plusieurs paquets d'enveloppes roses, les mêmes que celles reçues par son amie pour Noël et les anniversaires. C'était donc mademoiselle Henriot la généreuse donatrice. Pourquoi envoyait-elle de l'argent à Sylviane ? Pourquoi ne lui offrait-elle pas directement ? Au cœur de la seconde boîte remplie de fleurs séchées, était délicatement lovée une autre boîte, minuscule celle-là. Muriel l'ouvrit. À l'intérieur reposait une mèche de cheveux blonds bouclés.

Soudain, de la chambre attenante, une voix ensommeillée appela :

— Y a quelqu'un ?

— Oui, c'est moi, Muriel.

— Muriel ? Je croyais que c'était Sylviane. Entre, voyons.

À la hâte, Muriel replaça les boîtes dans le tiroir.

— Sylviane n'a pas pu venir ? demanda mademoiselle Henriot. Je l'attendais.

— Non, elle a été arrêtée.

La vieille dame, rassemblant le peu de forces qu'il lui restait, fit le geste de refaire son chignon, renonça, et se redressa toute seule dans le lit.

— Arrêtée ? Pourquoi, mon Dieu ?

— Elle est accusée du meurtre de Charles Carré-Kerizel.

— Non, ce n'est pas possible !

— On a pourtant retrouvé chez elle des lettres de dénonciation, écrites et envoyées par Carré-Kerizel. Les gendarmes sont persuadés qu'elle souhaitait venger sa mère.

— Elle n'a pas assassiné cet homme !

— Tout l'accuse.

— Elle n'a pas assassiné cet homme. Pour une simple raison…

— Laquelle ? demanda Muriel.

— Pour une simple raison : c'est moi qui l'ai tué.

Muriel dévisagea son institutrice avec stupeur.

— Ne me regarde donc pas avec ces yeux exorbités ! s'écria mademoiselle Henriot. Je sais ce que tu imagines : elle est vieille, elle est malade, elle va mourir, elle s'accuse pour sauver sa protégée.

— Sylviane, votre protégée ? s'écria Muriel. Dites-moi, est-ce vous qui lui avez expédié ces enveloppes roses avec des billets dedans ?

Elle regretta immédiatement sa question.

La vie privée de l'institutrice ne la regardait pas vraiment et elle ne menait pas un interrogatoire en bonne et due forme, du moins pas encore.

— Oui, c'est moi. Je n'ai pas d'enfant, alors autant que mon argent serve à quelque chose ! grommela l'institutrice. Cela pose un problème ? Crois-moi, je les ai tués ces collabos : Allainmat, Brigand, Carré-Kerizel. Ils n'ont eu que ce qu'ils méritaient.

— Je ne vous juge pas.

— Je ne regrette rien. Bon, ne reste pas là ainsi plantée, aide-moi à m'habiller s'il te plaît, et préviens tes collègues. Le téléphone se trouve dans le vestibule.

Muriel appela puis aida mademoiselle Henriot à enfiler sa robe noire et à refaire son chignon. Peu de temps après, une voiture se gara dans la cour de l'école et deux gendarmes en sortirent. Marche après marche, Muriel soutint sa vieille institutrice, courbée, mais digne et fière. Comment imaginer que cette femme malade ait eu suffisamment de force pour balancer Carré-Kerizel par-dessus le garde-corps ?

Son état ne permettant pas de la transporter dans les locaux de la brigade, les gendarmes installèrent mademoiselle Henriot dans une chambre de l'hôpital de Guingamp. Un gardien resta posté devant la porte. C'est dans cette chambre qu'allait débuter le difficile interrogatoire de l'institutrice.

*

Accompagné de Muriel, l'adjudant-chef pénétra le premier dans la chambre d'hôpital. La jeune femme adressa un large sourire goguenard à Le Bec, posté devant la porte. En réponse, il se planta en face d'elle, porta la main à sa gorge et mima le geste d'un égorgement. Muriel secoua sa longue mèche, la balança de l'autre côté de son crâne, découvrant sa partie rasée. Le Bec écarquilla ses grands yeux verts ahuris et s'effaça pour la laisser passer. Derrière son dos, la jeune femme lui adressa un doigt dressé très évocateur.

Le chef Dupuy approcha un fauteuil du lit et, fesses serrées, s'assit au bord du bois. Muriel fit rouler la table d'alitée jusqu'à la fenêtre condamnée, écarta le bol de café et les biscottes du petit-déjeuner intact, posa sa machine à écrire et se planta debout devant. Mademoiselle Henriot ouvrit un œil, attrapa la potence, se redressa péniblement et sans même attendre les questions, commença :

— Bonjour, Muriel, bonjour, Martin.

— Bonjour, mademoiselle Henriot, murmura Muriel.

— Bonjour, mademoiselle Henriot, lâcha l'adjudant-chef d'une voix de tout petit garçon.

— Je vais tout vous raconter. Ne m'interrompez pas, s'il vous plaît. Si je m'arrête, je n'aurai pas la force de reprendre.

Martin Dupuy, pas très heureux de perdre la main sur l'interrogatoire, opina du menton. La prestance de cette vieille femme pourtant diminuée l'impressionnait. Son ancienne maîtresse d'école, il l'adorait et la respectait, comme tous les gamins. Il souffrait de la voir mourante sur ce lit d'hôpital et regrettait d'être contraint de la malmener par ses questions.

L'institutrice mordit ses lèvres sèches criblées de crevasses, se gratta la tête. Elle soupira, résignée, frotta ses longs doigts noueux et les secoua. Les cheveux cendrés voletèrent et se déposèrent sur le linoléum en deux petits tas dérisoires. L'adjudant-chef, gêné, les éparpilla du bout pointu de sa chaussure.

Mademoiselle Henriot poursuivit :

— Elvire et moi étions très proches.

Elle cligna les yeux. Ils s'embuèrent. Elle respira profondément et reprit, comme pour se justifier :

— Juste avant la guerre, je l'avais aidée à préparer son examen de coiffure et à remplir des papiers. Occasionnellement, je rendais de menus services de ce genre à la population : démarches administratives ou autres. C'est comme ça que j'ai fait la connaissance d'Elvire. Elle est venue me trouver, à l'insu de ses parents. Lors de ma nomination à l'école de Pontrieux, elle avait tout juste quinze ans. Ce métier, elle l'avait choisi par défaut, sa véritable passion était la musique. Son père nourrissait d'autres ambitions pour elle : la reprise de l'entreprise familiale en particulier. Les Touzé étaient des négociants en vins et spiritueux, établis à Pontrieux depuis des générations. Le grand-père de Sylviane avait construit cette maison sur la hauteur, pas loin des entrepôts.

Mais Elvire souhaitait s'affranchir du joug parental. Le coiffeur Anselme Allainmat l'a embauchée. Son salon est situé rue de la Presqu'île, celle qui descend vers le viaduc. La guerre est arrivée et Elvire n'a eu ni le temps ni l'argent pour se trouver un appartement rien qu'à elle. L'état-major allemand réquisitionna la maison Touzé. Idéale selon eux : bien placée, un peu à l'écart, mais pas trop éloignée du centre non plus, facile d'accès, suffisamment vaste pour les recevoir. Ils en occupèrent une bonne partie et se sentirent rapidement comme chez eux.

Ludwig Müller, l'un des officiers, se différenciait des autres. J'ai le sentiment que Elvire s'en était entichée. Ils partageaient leur passion de la musique. Deux beaux jeunes gens amoureux, qu'ils soient français, allemands, communistes, juifs… c'est dans la nature des choses, non ? Non ?

L'institutrice se racla la gorge, toussa très fort, essuya ses lèvres avec son grand mouchoir taché de sang et frotta ses yeux gonflés.

— Vous êtes sûre que vous désirez poursuivre ? s'inquiéta l'adjudant.

Pour toute réponse, mademoiselle Henriot, yeux mi-clos, continua son récit :

— On raconte que les Allemands profitèrent bien de la cave et que des soirées bien arrosées se déroulaient dans la propriété. Ludwig ne participait pas à ces orgies ; il protégea Elvire.

En cette veille de pardon 1944, un branle-bas de combat régnait chez les Touzé. La libération était proche ; les Allemands couraient dans tous les sens. Ludwig Müller avait été abattu à Traou Meledern. Il se disait qu'il avait abusé d'Elvire. J'ai craint que les Allemands ne choisissent au hasard des otages et les exécutent comme ils l'avaient fait en d'autres occasions. Mais la fin de la guerre et leur défaite les préoccupaient ; très nerveux, ils commençaient à rassembler leurs affaires.

À partir de ce moment, la pauvre femme est restée cloîtrée. Ses parents avaient honte. Leur fille avait été violée, mais après tout, elle l'avait bien cherché. Voilà ce que pensaient les gens. Voilà ce qu'ils pensaient. C'était tellement injuste. L'Armistice a été signé, Elvire a été tondue. Ultime humiliation. Les Touzé l'ont vite expédiée en Auvergne chez des amis à eux. Je n'ai plus entendu parler d'elle pendant toute sa grossesse. Elle a accouché là-bas ; Sylviane est née.

Le chef Dupuy mourrait d'envie d'intervenir, mais il avait promis de ne pas interrompre la vieille dame. À cet instant précis, il n'aurait pas refusé une bonne cigarette. Il en pressait une, compulsivement, dans sa poche. Il la fumerait en sortant de l'hôpital. Tant pis si Muriel le surprenait, elle ne le trahirait pas. Plus que certains garçons, cette fille-là aurait mérité d'être gendarme ; il l'aimait bien et lui faisait confiance. Dès qu'ils seraient de retour à Pontrieux, il passerait chez le buraliste sur la place.

Muriel en oubliait presque de taper sur les touches. Plus rien ne pouvait faire taire mademoiselle Henriot, emportée par son histoire, comme soulagée de la partager enfin :

— Après l'accouchement, Elvire est rentrée avec son bébé chez ses parents. Personne n'en a rien su à l'époque : la jeune fille était confinée dans la grande maison. La veille de la procession du pardon, un batelier a retrouvé son corps recroquevillé en position fœtale sur le banc au lavoir du Salbatar. Un sac contenant des boîtes de médicaments vides traînait à ses pieds. Entre-temps, j'avais reçu cette lettre terrifiante. La femme de chambre des Touzé me l'avait discrètement transmise.

— Pourquoi cette jeune femme vous a-t-elle adressé cette lettre ? demanda le chef Dupuy. Pourquoi à vous ?

— Elle me faisait confiance, murmura mademoiselle Henriot du bout de ses lèvres exsangues. Je l'avais soutenue quand elle avait préparé son diplôme de coiffeuse. Elle n'avait pas beaucoup d'amis.

Muriel ne put s'empêcher de s'écrier :

— Cette lettre, l'avez-vous conservée ?

Elle se tut rapidement sous le regard à la fois circonspect et furibond de son chef. Mademoiselle Henriot hésita et répondit :

— Non... Je ne l'ai plus, je l'ai déchirée et brûlée.

Muriel eut la conviction qu'elle mentait. La vieille institutrice enchaîna, sans attendre de nouvelles questions embarrassantes :

— Tout ce que je peux vous dire, c'est que ces hommes ont violé la pauvre petite...

— Vous voulez dire que ce n'est pas Müller qui a abusé d'elle ?

— Non, l'Allemand n'a rien fait. Il a été conduit à Traou Meledern, sur le champ de courses où il a été fusillé...

— Qui étaient ces hommes ?

— Elvire a juste reconnu l'un d'eux à son parfum : Anselme Allainmat, son patron coiffeur.

La vieille femme pressa sa main sur son cœur comme pour en limiter l'emballement et reprit :

— J'ai décidé de venger Elvire. En référence au jour de l'agression, j'ai glissé une carte de Notre-Dame-des-Fontaines dans la boîte à lettres d'Anselme Allainmat et le lendemain, je l'ai attendu en bas de la côte des Fontaines. Il passait tout le temps par là pour rentrer chez lui et se rendre au cercle « La Tour d'Auvergne ». Ces pourritures s'y retrouvaient tous les vendredis soir.

Allainmat est arrivé, fort aviné. Il venait de fêter le premier anniversaire de la Libération. Je voulais lui faire avouer le viol. Il a nié tout en bloc et, pour me menacer, a brandi son rasoir sabre. Pendant la guerre, il avait gardé l'habitude de l'avoir toujours sur lui. N'avait-il pas la conscience tranquille ?

Je le lui ai arraché des mains, et je l'ai frappé de toutes mes forces avec un battoir que j'avais récupéré au lavoir. Je voulais qu'on croie qu'il s'était cogné la tête en tombant. J'étais costaud à cette époque. Je l'ai poussé ; il a basculé par-dessus le garde-corps. Le rasoir sabre est tombé, je l'ai ramassé. Je me suis sauvée le plus vite que j'ai pu. Une fois sur la place, je me suis aperçue que je tenais toujours le rasoir sabre dans ma main. Je m'en suis débarrassée en le jetant entre deux des barreaux de la grille donnant sur le canal, derrière l'église Notre-Dame-des-Fontaines. Je ne connaissais pas l'identité des autres agresseurs d'Elvire ; j'avais des doutes, mais je voulais m'en assurer. Qui était le père de Sylviane ?

Le temps a passé. Et puis, en cette soirée de juillet 1973, j'ai eu la révélation. J'avais été conviée à une cérémonie pour le départ en retraite et la décoration de deux cadres de la cartonnerie. J'étais invitée à la plupart des manifestations. Je n'avais aucune envie d'y aller, mais je gardais un doute sur la participation de Carré-Kerizel à l'agression. Je suivais ses faits et gestes à chaque fois que j'en avais l'occasion.

Muriel retint son souffle. La silhouette féminine sur les deux photos trouvées chez Kerizel était donc celle de l'institutrice. Cette partie de l'histoire, elle la connaissait déjà.

— En l'apercevant, poursuivit l'institutrice, j'ai ressenti un choc : Théodore, le fils de Bernard Brigand, portrait craché de Sylviane. Les mêmes cheveux bruns bouclés, la même fossette au creux de la joue gauche, le même regard très doux... Je ne l'avais jamais rencontré auparavant. Les enfants Allainmat ne fréquentaient pas l'école laïque. Théodore a quitté Pontrieux pour ses études et ne rentrait pas souvent au pays. Il n'entretenait pas de bonnes relations avec son père.

Une ressemblance aussi saisissante ne pouvait être fortuite : Brigand était le géniteur de Sylviane. La veille de la procession qui a suivi la fermeture de la cartonnerie, j'ai glissé la photo de la statue de la Vierge dans sa boîte aux lettres. Je l'ai attendu devant le lavoir du Salbatar ; il se rendait à la répétition de la chorale au presbytère. Je l'ai appelé, il ne s'est pas méfié de moi. Qui se méfierait d'une directrice d'école ? Il a surgi, torse bombé, allure suffisante, persuadé que je venais le féliciter pour les nouvelles décorations qu'il arborait d'ailleurs avec orgueil sur sa veste. Je l'ai poussé de toutes mes forces dans le Trieux. Il a coulé très vite, il ne savait pas nager.

L'adjudant-chef, effaré par ces révélations en cascade, se leva pour s'étirer, se dirigea vers la fenêtre, en bascula le battant pour laisser filtrer un peu d'air dans la chambre, passa sa tête par l'ouverture et sortit la cigarette et un briquet de sa poche.

Sous les yeux de Muriel interloquée, il l'alluma et, avec une satisfaction presque orgasmique, en aspira des bouffées mentholées qui envahirent la pièce.

— Pause ! lança-t-il.

Au bout d'un moment, mademoiselle Henriot hoqueta et toussa si fort que Muriel, épouvantée, appuya sur la sonnette d'alarme. Une infirmière entra en trombe dans la chambre en agitant les bras pour tenter d'évacuer la fumée.

— Mais vous êtes fou, vous êtes fou !

Elle se précipita vers le tiroir de la table de chevet fermé à clé, en sortit la poignée de la fenêtre, la remit en place et ouvrit en grand. Muriel n'avait jamais vu l'adjudant dans cet état : un vrai petit garçon pris en faute. Le temps que les odeurs s'estompent, Muriel et son chef restèrent debout devant la porte. Éric Le Bec les considéra d'un air méprisant et profita de l'aubaine pour courir aux toilettes. Il attendait ce moment depuis belle lurette déjà, la relève de son poste ne devant s'effectuer qu'une heure plus tard. Confus, Martin Dupuy écrasa sa cigarette à terre, ramassa le mégot incandescent et le fourra dans sa poche. Il en brûla toute la doublure.

Au bout d'un quart d'heure, l'adjudant-chef et Muriel furent autorisés à retourner dans la chambre et à y poursuivre l'interrogatoire. Mademoiselle Henriot reprit son récit ponctué de quintes de toux :

— En ce qui concerne Charles Carré-Kerizel, c'est Sylviane qui m'a mise sur sa piste. J'avais déjà de gros doutes sur lui. Comme elle travaillait au musée de la Résistance dans la région parisienne, elle a eu accès à ces dénonciations qu'il avait écrites. L'année dernière, après un rendez-vous chez le notaire pour la maison de ses grands-parents, elle est passée me rendre visite et me les a montrées. J'ai attendu le pardon de Notre-Dame-des-Fontaines et, comme un retour à l'envoyeur, j'ai glissé une carte dans la boîte aux lettres de cette pourriture. Il a subi le même sort que son collègue Bernard Brigand.

— Comment l'avez-vous poussé ? Vous semblez bien faible.

— L'adrénaline et la haine décuplent la force. Avant de mourir, je devais venger Elvire. Voilà, vous savez tout, libérez Sylviane, elle n'est pour rien dans tout ça la pauvre petite. Et moi, j'ai enfin le droit de partir tranquille.

— Avec quoi avez-vous assommé Charles Carré-Kerizel ?

— Avec rien, il s'est cogné la tête en tombant.

— Une dernière question, mademoiselle Henriot, qui me turlupine depuis le début, demanda l'adjudant-chef. Pourquoi teniez-vous tant à venger Elvire ? Elle ne fait pas partie de votre famille.

L'institutrice, si loquace auparavant, semblait perdre ses moyens. Elle se mit à hoqueter, mais soudain se redressa et reprit de sa superbe :

— Je… Je n'ai pas de famille. Je… je… je n'ai pas supporté qu'on s'attaque à cette jeune fille. Elle m'avait accordé sa confiance. J'ai toujours tenté de défendre les plus faibles. Ces hommes-là étaient les véritables criminels.

— Vous auriez pu appeler la gendarmerie et dénoncer ces violeurs.

— Je ne croyais plus à la justice de ce pays. Après la guerre, des exécutions sommaires eurent lieu au début, la loi du Talion. Ensuite, des amnisties massives ont été décidées, au nom de la concorde nationale. J'ai éliminé Allainmat et après, tout s'est enchaîné.

— Si longtemps après ? demanda le chef Dupuy…

— La vengeance est un plat qui se mange froid.

Le chef Dupuy sembla se contenter de l'explication. Il tenait la coupable et sur le moment cela lui parut l'essentiel.

— Mademoiselle Henriot, nous allons vous laisser. Je vous donne rendez-vous au jugement à présent.

— Je serai morte pour alors. Rendez-vous au jugement dernier, je ne suis pas croyante, mais, si ce jugement final existe vraiment, je ne serai pas seule à affronter la peine éternelle.

13

L'adjudant-chef, index jubilatoire titillant son galon doré, déclara aux gendarmes réunis que, grâce à l'implication de tous, l'affaire « Charles Kerizel » était enfin résolue, et leur adressa ses plus vives félicitations. Une salve d'applaudissements salua cette annonce.

Marcel attrapa dans l'armoire deux bouteilles de mousseux qui dataient du pot de départ d'un ancien collègue et une boîte en fer-blanc remplie de gâteaux salés mous. Estelle sortit son fameux clafoutis aux pommes. Gobelets à la main, ils trinquèrent une fois à la santé de la gendarmerie et, charité bien ordonnée… deux fois à la leur. Comme il n'y avait plus suffisamment de verres, Éric Le Bec se contenta de sa tasse à café en guise de contenant. De toute façon, le grand blond ne buvait jamais d'alcool.

Le profil de la criminelle sortait de l'ordinaire, des zones d'ombre persistaient, mais le procureur avait décidé de clore l'enquête. La coupable avait avoué, que demander de plus ? En raison de son état de santé, la vieille femme n'en avait plus pour très longtemps ; elle resterait à l'hôpital en attendant son procès. Enfin, si elle vivait jusque-là. Martin Dupuy n'était pas fâché d'en finir avec cette affaire qui l'ébranlait terriblement.

Tout en lapant le mousseux tiédasse, Muriel réfléchissait : quelque chose ne collait pas dans cette histoire. Mademoiselle Henriot avait certainement glissé la photo de la Vierge dans la boîte aux lettres de Carré-Kerizel. Mais balancer le gros Charles par-dessus le parapet lui était physiquement impossible. Elle faillit intervenir, mais finalement y renonça. Les enquêteurs tenaient leur coupable et sa version était plausible. Après tout, Muriel n'était qu'une intérimaire. Mais une intérimaire têtue : elle poursuivrait ses investigations de son côté.

*

Sylviane fut libérée dès le lendemain en fin d'après-midi. Muriel l'invita à la rejoindre dans sa chambre.

— Te rejoindre dans ta chambre ? À côté de la gendarmerie ? s'exclama Sylviane. Tu ne crois pas que j'ai eu ma dose de gendarmerie ? Écoute, on se verra plus tard. En attendant, en hommage à ma mère, je passe au lavoir du Salbatar, puis je me rends au cimetière. Je n'en ai pas eu le courage jusqu'à maintenant. Mademoiselle Henriot ne le fera plus, c'est mon devoir de m'occuper de la tombe à présent, je le lui ai promis. Elvire n'a pas été respectée de son vivant ; sa dépouille le sera. Elle n'a même pas été inhumée dans le caveau familial des Touzé. Pire qu'une chienne, elle repose, sans dalle, sous un tas de terre. Tu te rends compte ? Sous un vulgaire tas de terre ! Juste son nom sur une croix en bois.

Un rictus s'imprima sur le beau visage et la fossette, d'ordinaire rieuse, se creusa de haine contenue.

Sylviane sortit. Peu de temps après, une ombre noire encapuchonnée fila devant les fenêtres de la gendarmerie. Pressentiment désagréable en tête mêlé d'un sentiment de déjà-vu, Muriel décida de la suivre ; elle attrapa son blouson en cuir et salua la compagnie. À ce moment-là, Martin Dupuy l'appela pour lui demander où elle avait rangé un document. Pas le choix, elle s'exécuta de mauvaise grâce.

Enfin libérée, Muriel se lança à la poursuite de Sylviane. Elle bondit hors de la gendarmerie, s'engagea rapidement dans le chemin et se dirigea vers le lavoir.

Soudain, des cris aux inflexions d'outre-tombe lui parvinrent :

— Je le sais, charogne, c'est toi qui as envoyé cet ignoble bout de carton ! Sale bâtarde, corbeau de malheur, tu vas crever, comme ta salope de mère !

Craignant d'arriver trop tard, Muriel franchit à toute allure le passage ceint de briques rouges et pénétra dans le lavoir du Salbatar. Sylviane gisait à terre, près du banc. De dos, penché sur la jeune femme, un individu cagoulé l'étranglait de ses mains recouvertes de gants de ménage. La tête de Sylviane, plus blanche que la dalle sur laquelle elle cognait, s'agitait dans tous les sens comme celle d'une poupée de chiffon.

Pas d'alternative cette fois pour Muriel : pas de fuite, pas d'esquive. Elle déverrouilla la sécurité de son couteau à cran d'arrêt, le déplia, fonça sur l'agresseur. Il se retourna, lâcha le cou fin, dirigea sa main vers la poche de sa veste, mais n'eut pas le temps de sortir le pistolet que Muriel devinait à travers le tissu. Sans hésiter, la jeune femme planta sa lame dans la main gauche de l'individu ; elle y resta fichée. Il hurla de douleur. Muriel profita de la confusion pour s'emparer du pistolet par la crosse.

L'utilisation des armes à feu manquait à sa formation de gendarme gratte-papier. Elle se sentait vulnérable comme un agneau un jour de Pessa'h. Ce pistolet lui brûlait les doigts ; elle prit son élan et le balança de l'autre côté de la rivière, vers des lavoirs privés en enfilade. Au moins, son agresseur ne pourrait plus s'en servir.

L'individu lâcha Sylviane et en criant de douleur arracha le couteau. Le sol se teinta rouge incarnat. L'homme se redressa, se retourna vers Muriel et menaçant, s'avança vers elle. Son visage dissimulé sous une cagoule ne laissait apparaître que ses yeux émeraude en amande injectés de sang. Muriel recula. Il se jeta sur elle, de sa main valide la saisit par le col de son blouson et la projeta violemment sur la dalle recouverte de mousse verdâtre en rugissant :

— Prends ça, dans ta petite gueule de fouille-merde !

Le crâne de Muriel heurta le sol ; elle se sentit partir. À travers un brouillard opaque, elle l'aperçut au-dessus d'elle, œil révulsé, s'apprêtant à l'achever.

Dans un réflexe d'ultime défense, se rappelant une fois de plus les conseils d'Émile : « Entre la ruse et la force, choisis la ruse. », elle hurla son chant du cygne :

— Les gendarmes sont prévenus. Ils arrivent !

L'agresseur, surpris, suspendit son geste et la lâcha. Muriel roula sur le côté jusqu'au bord de l'eau et se rattrapa à temps au bateau amarré le plus près du quai. L'individu hésita et finalement se releva, secoua sa main ensanglantée en grimaçant de douleur, referma le couteau d'un coup sec, le fourra dans sa poche et s'éloigna rapidement en vociférant :

— Partie remise !

Sylviane, restée à terre, suffoquait. Muriel se redressa, s'assit derrière elle et lui massa les omoplates. Son amie reprit ses esprits et quelques couleurs.

— Tu l'as reconnu ? demanda Muriel.

— Non, malheureusement, je ne vois pas qui c'est…

— Je l'ai atteint à la main, il sera aisé de le retrouver. Dis donc, je l'ai entendu parler du corbeau. C'est toi ?

— Non, ce n'est pas moi. Je n'ai rien envoyé du tout. C'est sans doute mademoiselle Henriot. Avant d'être arrêtée, elle a dû demander à une des infirmières de poster cette lettre, et peut-être d'autres. Je ne vois pas d'autre explication…

— Comment a-t-elle su à qui les envoyer ? demanda Muriel.

— Je lui ai montré l'article de journal à propos des femmes tondues, dit Sylviane. Elle avait dû le lire à l'époque bien sûr, mais je pense que cela a ravivé ses souvenirs et son désir de venger ma mère. J'ai vu à ses yeux humides qu'elle connaissait les trois types sur la photo de l'article. Je lui ai demandé qui ils étaient, mais elle a refusé de me révéler leurs noms, pour me protéger, je pense.

— Elle aurait dû. On a eu chaud.

Sylviane se releva en se tenant la gorge. Elle dissimula sous son col de chemisier la marque rouge de l'étranglement imprimée dans ses chairs. Soutenue par son amie, elle remonta péniblement le chemin jusqu'à l'appartement, s'allongea sur le lit et éclata en sanglots.

— Merci. J'ai eu tellement peur.

— Tu vas rester ici en attendant qu'on sache qui a voulu te tuer.

Muriel ouvrit son armoire. Sylviane écarquilla les yeux en découvrant les photos, les pages de journal punaisées dans le bois tendre.

— Oh, tu mènes tes propres recherches toi aussi…

— Sylviane, as-tu dit la vérité aux gendarmes ? Je suis ton amie, tu peux me faire confiance.

— Un gendarme reste un gendarme, l'amitié n'y change rien. Eh bien, si tu veux la vérité, non, cet homme, Carré-Kerizel, je ne l'ai pas tué. J'ai dit la vérité.

— Si ce n'est pas toi, qui l'a tué ? Mademoiselle Henriot ? Je ne crois pas trop à ses aveux ; elle est trop faible.

— Qui d'autre ?

— L'homme au chapeau ? suggéra Muriel. Celui de la photo de l'article de journal ?

— Peut-être.

— Une seule personne porte ce genre de couvre-chef à Pontrieux, se rappela Muriel, c'est Ernault, qui tient la crêperie. Mes collègues ont l'habitude de déjeuner là-bas. J'y suis allée deux, trois fois, pour chercher Dupuy quand il recevait un coup de fil urgent. Un vrai coq ce type, il se pavane, ergots en érection, dans son restaurant.

— Tu penses que c'est lui notre agresseur ?

— Facile à vérifier. Je l'ai blessé à la main. Sylviane, tu dois porter plainte.

— L'affaire est close je te rappelle. Je n'ai plus envie de remuer toute cette boue.

— Cet homme a failli nous tuer ; il est dangereux.

— Tout va me retomber dessus. Je n'ai pas du tout envie de retourner en garde à vue. Les gendarmes vont le croire ce restaurateur, surtout s'ils mangent tous les jours chez lui.

— Écoute, Sylviane, je vais trouver un moyen d'aller à la crêperie. Je vais vérifier tout de suite s'il a un bandage à la main. Si c'est le cas, je branche mes collègues sur le coup.

— Oui, il faut le mettre hors d'état de nuire et innocenter notre institutrice pour le dernier meurtre. Même si c'est vain.

— C'est justice.

*

Le lendemain midi, Muriel annonça à ses collègues surpris que le menu du jour lui plaisait et qu'elle désirait déjeuner avec eux. Un bœuf carottes était prévu ; elle avait horreur des plats en sauce. Elle donnerait sa part à Marcel, il ne dirait pas non.

Les gendarmes disposaient d'une petite salle rien qu'à eux au fond de la crêperie. Privilège ? D'après

Muriel, plutôt une façon de ne pas effrayer les autres clients. La vision de ce déploiement de force bleue aurait pu en indisposer certains.

Muriel s'installa le plus loin possible d'Éric Le Bec qui monopolisait la conversation au bout de la table et s'assit à côté de Marcel. Le gendarme possédait le don de la faire rire ; le déjeuner passerait plus vite. La moitié de son bœuf-carottes glissa discrètement dans l'assiette de son collègue ; elle dissimula le reste artistiquement sous des morceaux de pain et se contenta d'une crêpe. Elle évita « La délicieuse » et la choisit au sucre. En revanche, elle but son verre de vin rouge qu'elle jugea de piètre qualité.

À la fin du repas, le chef Ernault, coiffé de son chapeau breton à rubans et de son habit traditionnel, fit son apparition pour la parade dans la petite salle. Comme tous les jours, il apportait le café, le noir et son pousse attitré, une liqueur maison dont il possédait le secret et que dans sa grande bonté, il offrait tous les midis à la compagnie.

En apercevant Muriel, son visage réjoui changea de couleur ; une ombre voila les yeux vifs. Il installa le plateau sur la table. Sa main droite était bandée. Muriel décida de lui poser la question. Il n'oserait pas l'éluder. Armé de son humour habituel, Marcel la devança :

— Oh, Émile, qu'est-ce qui vous est arrivé ? Une querelle d'amoureux qui aurait mal tourné ? Une carotte récalcitrante ?

— Je… Un accident de mandoline. C'est dangereux, ces engins-là.

— Pas trop douloureux ?

— Non, mes commis assurent et de toute manière je me sers plutôt de ma main gauche.

Muriel n'était pas plus avancée. Qu'attendait-elle ? Qu'il annonce derechef : « J'ai agressé votre collègue et elle m'a planté un couteau dans la main. » ?

Elle rentra avec toute la troupe à la gendarmerie, et, pas du tout concentrée sur son travail, accumula les erreurs de frappe. Elle s'accorda la réflexion d'une nuit de sommeil avant de mettre en cause le restaurateur.

Contre toute attente, en fin d'après-midi, Émile Ernault se présenta spontanément au poste. Courrier du corbeau dans sa main bandée, il venait demander la protection de la maréchaussée. Muriel en fut troublée. Intelligent manipulateur, ce crêpier ? Possible. Elle décida de différer sa plainte pour agression.

Le soir, elle fit des emplettes à la petite supérette sur la place. Un morceau de fromage, une boîte de conserve, cassoulet ou autre délice, lui suffisaient la plupart du temps, mais son invitée aurait peut-être faim d'autre chose. Elle ne croyait pas si bien dire… Elle acheta de quoi concocter un fabuleux roulé macédoine, sa madeleine de Proust, et une bouteille de vin, son seul luxe. Pendant ses errances, elle en avait picolé de la piquette, mais son ami gendarme à Paris lui avait fait découvrir quelques vignobles. Muriel s'était alors juré de ne plus boire que de bons crus.

Elle passa devant le magasin de fleurs. Tête baissée comme à son habitude, Delahaye, occupé à composer des bouquets, se tenait perché sur son tabouret dans l'arrière-boutique, sandales en appui sur la barre, gants de caoutchouc aux mains. Sa femme, également gantée, était toujours arc-boutée sur sa caisse. Ils feignirent de ne pas l'apercevoir. Mais dans son dos, Muriel sentit leur regard posé sur elle, jusqu'à ce qu'elle disparaisse de leur champ de vision. Le fleuriste ne pouvait être leur agresseur ; celui-ci ne bégayait pas. La rage et le fait d'agir masqué, comme sur une scène de théâtre, auraient-ils momentanément éludé son trouble du langage ? C'était possible : par exemple, lorsqu'il chantait à la chorale, Delahaye ne bégayait pas du tout.

Courses faites, Muriel rejoignit Sylviane dans son appartement de la gendarmerie. Redoutant de regagner sa maison trop isolée, la jeune femme était restée cloîtrée dans la petite chambre toute la journée.

*

Sac de victuailles à la main, Muriel allait ouvrir la porte quand elle perçut des chuchotements à l'intérieur de l'appartement. Sylviane n'était pas seule. Rires étouffés, froissement de draps, grincement du lit… *« Non, elle n'a pas osé! »* pensa Muriel.

Si, elle avait osé. Muriel reconnut la voix grave de Rémi totalement en décalage avec le frêle personnage. Agacée, elle se retint d'effectuer une entrée fracassante dans la chambre, sa chambre finalement, s'agenouilla sur le paillasson et, oreille tendue, intéressée malgré elle, attendit.

Soudain, elle sentit deux mains se plaquer contre ses yeux. Elle se dégagea, se redressa, poings levés, prête à en découdre, et s'arrêta verte de rage devant… Éric Le Bec.

— Oh, c'est qu'elle me croquerait la tigresse! Doucement. T'as mis ton pantalon de camouflage, t'as peur qu'on te reconnaisse? Muriel et la renversante élégance d'un vrai garçon manqué!

— Toujours mieux qu'une fille réussie.

— Ah ah! Dis donc, ça s'fait pas d'écouter aux portes! Enfin, c'est pas comme si c'était pas chez toi.

Fier de sa blague, il ricana, dents blanches de la chance en avant.

— Qu'est-ce que tu fiches, Donzelle?

— Si on te demande… Dégage de ma vue, Roméo L'Bec. Rentre chez toi.

— C'est ta chérie qui te fait des infidélités?

Excédée, Muriel le saisit par le col, et le projeta contre le mur. Il se laissa faire, rebondit coudes en arrière sur la tapisserie et lui lança en s'éloignant:

— Si tu t'sens seule, Donzelle, je t'attends au bout du couloir.

Il s'engouffra dans son appartement, mais elle entendait sa respiration derrière la porte entrebâillée.

Le calme semblait de retour dans l'alcôve. Muriel tapa des pieds pour bien signaler sa présence, patienta les quelques secondes réglementaires pour le rhabillage des tourtereaux et pénétra dans la pièce. Elle découvrit Sylviane et Rémi, assis sagement sur le lit une place comme si de rien n'était, excepté l'état de la couche comme sous l'effet d'un tsunami.

— Je vais y aller… bredouilla Rémi, tête confuse ébouriffée.

— Bonne idée, lui répondit sèchement Muriel.

Il sortit comme s'il avait le diable aux fesses.

Muriel remarqua l'étiquette de sa veste blanche boutonnée lundi avec mardi, et ainsi de suite, sur son ventre aux trois poils.

— C'était Rémi, pouffa Sylviane en haussant les épaules.

— J'ai vu.

Les deux jeunes femmes éclatèrent de rire.

— Bon, évite de recevoir du monde dans MA chambre à l'avenir, s'il te plaît.

— Promis. C'était Rémi.

Elles s'esclaffèrent de plus belle.

— De toute façon, je vais mettre fin à notre relation, ajouta Sylviane.

— Oh, ma chère, votre relation ?

— Elle ne nous mènera nulle part. Rémi est un gentil garçon. J'ai vraiment le sentiment de m'être servie de lui pour me changer les idées. Mais je ne me donnerai qu'à celui qui saura me conquérir.

— Te conquérir ? En voilà une princesse !

— Ne te moque pas. Rémi s'est comporté comme les autres hommes. Quand il a appris que je me cachais chez toi, il a accouru. Il a voulu aller trop vite en besogne et je l'ai repoussé, comme chaque fois. Tant pis pour lui, tant pis pour moi. J'ai l'habitude.

— Sylviane, j'y crois pas ! Non ! Ne me dis pas que tu es encore…

— Je suis vierge, oui, comme ma mère avant d'être violée.

— À trente ans ?

— Et alors ? Oui. Où est le problème ?

— Il n'y a pas de problème, dit Muriel. Simplement tu n'es pas ta mère. Vous êtes deux personnes bien différentes.

— Si problème il y a, cela ne te regarde pas. Tu n'as pas de leçon à me donner.

— Ben si, chacune à notre façon, nous sommes deux inadaptées de la vie. On a morflé. Les hommes c'est pas pour nous.

— Les femmes non plus, je te rassure! s'indigna Sylviane, en s'écartant ostensiblement de Muriel.

— Pourquoi veux-tu que cela me rassure? Des expériences sexuelles diverses et variées, j'en ai eu, crois-moi. Certaines, je n'oserais même pas les confier à tes chastes oreilles.

— Je ne préfère pas en effet.

— Chacune son chemin.

— Tu l'as dit.

Muriel se redressa et, poings sur les hanches, tétons de défi saillants sous son tee-shirt trop juste, annonça d'un air rageur:

— Moi j'ai pris le parti de me battre. Homme ou femme, personne ne me dictera ma conduite. Je suis libre!

— La liberté est illusion. Le passé nous empêche d'être libres.

— C'est pour ça qu'il faut le comprendre, l'accepter pour en faire une force plutôt qu'un poids. Sylviane, ne sois pas fâchée. Même si nous sommes différentes depuis toujours, nous sommes amies. Pour changer de sujet, je te propose un point sur l'affaire?

— C'est mieux.

— Récapitulons. Un homme nous a agressées; nous ignorons son identité. Je pense à un des trois bourreaux de la photo du journal. Ils se sentent menacés.

— Oui, bien résumé.
— Je ne vois pas pourquoi d'ailleurs, puisque la coupable a été arrêtée.
— Moi non plus...
— Tu ne m'aides pas beaucoup ! protesta Muriel. J'ai observé Ernault au restaurant ce midi. Il porte un bandage à la main. C'est sans doute lui notre homme. Mais on n'est pas plus avancées. Il est venu réclamer la protection de la gendarmerie. Il a pris peur quand il a reçu le fameux courrier. Bon, on va reprendre tout depuis le début.
Muriel ouvrit l'armoire et saisit un paquet de photos subtilisées lors de la perquisition au presbytère. Répétitions de la chorale, fête de l'année en cours et des précédentes. Elle les étala par terre sur le lino.
— Que cherches-tu ? demanda Sylviane.
— Rien de spécial. Je les ai observées plusieurs fois déjà, mais rien ne m'a sauté aux yeux. C'est comme dans la série *Starsky et Hutch*, à un moment, l'illumination vient. Tu m'aides ?
Pendant quelques minutes, elles examinèrent les clichés un à un, les comparèrent et s'efforcèrent de n'omettre aucun détail. Un silence studieux régnait dans la chambre.
Soudain, Muriel en sélectionna quelques-unes et, fébrile, les disposa sur la table.
— Bingo. Regarde, tu ne remarques rien ?
— Non, c'est Delahaye sur les plus récentes.
— Regarde mieux : c'est Delahaye sur TOUTES les photos.
Sylviane détailla ce qu'elle observait, comme si elle récitait sa leçon :

— Ce n'est pas possible, sur celles des années d'après guerre, il n'a pas de cheveux, puis très vite sur celles des autres années, il en a. Les cheveux des chauves ne repoussent jamais, c'est bien connu. Sur la dernière photo, il n'en a plus. Il s'est rasé ?

— Tu le fais exprès ? Blonde jusqu'au bout des cils ? Tu en déduis quoi ?

— Je ne sais pas. Comment as-tu reconnu Delahaye sur les premières photos ?

— Ses pieds, vise ses pieds !

— Il a des sandales sur toutes les photos, remarqua Sylviane.

— Bien ! Et ?

— Et… c'est tout.

— Je t'explique. Sur les photos d'avant-guerre, il perd déjà ses cheveux, presque la tonsure d'un moine. Sur les suivantes, il porte un postiche certainement acheté chez son cher ami le coiffeur Allainmat. Sur la dernière, celle prise le jour de la répétition de la chorale et du décès de Carré-Kerizel, il ne l'a plus. Et pour cause ! Et pour cause ?

— Et pour cause quoi ?

— Le postiche se trouve au fond de l'eau. Je le reconnais sur les autres photos, c'est le même avec de fines mèches claires, une coquetterie de vieux beau sans doute.

— Quel postiche ? s'étonna Sylviane.

— Excuse-moi, tu n'es pas censée savoir qu'on l'a retrouvé quand le canal a été fouillé. Ce détail n'a pas été divulgué.

— Ben non. Tu penses donc que c'est Delahaye…

— … qui a tué Charles Carré-Kerizel ! termina Muriel. Sa perruque est tombée et il n'a pas eu le temps de retourner chez lui en chercher une deuxième. Il devait se rendre à la répétition de la chorale afin de ne pas éveiller les soupçons. Maintenant, Sylviane, regarde mieux la photo du journal que tu as volé à l'Argoat. Voilà une loupe.

Sylviane chaussa ses lunettes. Pourtant atteinte depuis peu d'une légère myopie, elle ne les portait jamais en public. Elle colla la loupe à son œil, ferma l'autre.

— J'ai compris ! s'écria-t-elle. Les sandales !

Les sandales, bien sûr. Un des bourreaux d'Elvire, tête baissée, regardait ses sandales. Oui, c'était sûrement lui, Delahaye. Sylviane comprenait mieux sa réaction quand il la voyait passer sur la place devant le magasin de fleurs. Il croyait à chaque fois apercevoir un fantôme : elle ressemblait tant à sa mère depuis qu'elle avait teint ses cheveux en blond. Elle se mit à haïr le fleuriste de tout son être.

À la droite de Delahaye, un homme rigolard aux lèvres molles brandissait sa tondeuse : Allainmat, le patron coiffeur d'Elvire. Et un autre tout de noir vêtu, tiré à quatre épingles, chapeau en feutre ceint d'un ruban sur le cœur, doigts tendus sur la hanche, se tenait menton provocateur dressé, pied sur le dernier barreau de la chaise. Pose de chasseur, ventre en avant, bien nourri de la guerre, tout sourire devant sa proie. Émile Ernault le restaurateur ?

Ils n'étaient pas les seuls, loin de là, à s'être réjouis de cette épuration, désinfection d'après-guerre, humiliation des putains des Boches, règlements de compte, exécutions sommaires... Vengeance, encore vengeance. Banal à la Libération. Pardonnable, justifiable, après ces années de galère ? Cela ne faisait pas d'eux des criminels, au sens propre du terme. La période était agitée, les rancœurs ravivées.

— Que fait-on ? demanda Sylviane.

— On attend. Il faut trouver d'autres preuves. Delahaye n'est pas le seul à porter un postiche dans le coin.

Muriel devait se comporter en professionnelle, ne pas se laisser parasiter par ses émotions, se montrer patiente. Quoique, cela ne correspondait pas à son caractère entier.

— Je vais faire un tour chez lui, annonça Muriel. Je trouverai bien quelque chose.

— Risqué.

— Plus à ça près.

— Je t'accompagne ! décida Sylviane.

— Pas question. Trop dangereux.

— Je ferai le guet, proposa Sylviane.

— Bon, si tu veux. Ce soir, à vingt-et-une heures, les fleuristes vont à la chorale. Du pain bénit ces répétitions !

14

Les deux jeunes femmes attendirent la tombée de la nuit pour se glisser hors du bâtiment. Lampes de poche Prodelect orange en main, dénichées par Sylviane au fond d'un tiroir, elles passèrent au ras du presbytère de Gos-Ilis déjà éclairé. À travers les petits carreaux de la pièce à l'étage, elles distinguèrent les membres de la chorale, debout, prêts pour la répétition. Le chant *C'est Pontrieux* s'éleva bientôt.

— C'est bon, la séance a commencé, souffla Sylviane.

— J'ai aperçu la voiture des Delahaye sur le parking. Ne traînons pas.

Au coin de la rue, Sylviane stoppa net devant le lavoir du Salbatar, au fond de l'impasse.

— Quand je pense que c'est ici que j'ai été conçue… Conçue, joli mot pour un viol, tu ne trouves pas ?

— Chut ! On va comprendre tout ça et vous venger toi, ta mère et quelques autres. Pas d'atermoiements, pas de regrets, pas de larmes. De l'action.

« *Des noms résonnent à l'entour*
Et leur saveur est sans égale
Mez-Noz, Briantel, Largentour,
Tachen-Touz est une capitale
Le Salbatar a les senteurs
Des jolis mimosas en fleurs
C'est Pontrieux »

Le chant les accompagna jusqu'à ce qu'elles s'éloignent en direction de Traou Meledern. Plaquées contre les hauts murs de pierre, les jeunes femmes évitèrent le côté éclairé par les lampadaires. Elles avaient pris soin d'enfiler des vêtements passe-partout, larges, sombres et sans forme, pièces de choix de la garde-robe de Muriel, et, capuchon rabattu sur les yeux, progressaient tête baissée, mauvaise conscience au ras de leurs pieds.

Elles s'éloignèrent du groupe d'habitations et délaissèrent le camping à droite, pour se diriger vers la carrière de Châteaulin. Entre la route et le Trieux s'étendait l'immense champ de Traou Meledern, véritable théâtre végétal, endroit désert idéal pour les largages de parachutes pendant la guerre.

— Quand je pense qu'à cet endroit, les résistants ont fusillé Ludwig, l'ami de ma mère.

— Tais-toi donc.

Elle se tut donc. Depuis qu'elles étaient gamines, Muriel possédait un ascendant certain sur elle. Plus effacée, Sylviane se laissait commander sans broncher. Bien souvent, cela l'arrangeait : devant un choix, elle hésitait toujours. Muriel avait décidé qu'elles pénétreraient dans la propriété des Delahaye par les berges du Trieux ? C'est ce qu'elles firent donc. Elles risqueraient moins de se faire prendre, et, de toute façon, excepté attaquer la maison par sa face route, il n'existait pas d'autre moyen : le domaine était ceint de hautes palissades. Les piquets, taillés en pointes acérées, s'avéraient dissuasifs.

Elles longèrent le bord du champ, arbre après arbre, en évitant de se retrouver à découvert. Le terrain avait été labouré récemment. Pas de problème pour Muriel : sempiternels rangers aux pieds, elle évoluait à son aise. Pour Sylviane, c'était une autre histoire. Ses chaussures de sport très citadines se remplirent rapidement de terre. Muriel se mordit lèvres et doigts de l'avoir emmenée avec elle.

Au fond de la prairie, elles suivirent les berges boueuses de la rivière. Ce qui devait arriver arriva : un des souliers de Sylviane resta fiché dans la glaise. Sous le regard furibond de son amie, elle les fourra dans les poches de son vêtement de pluie et… continua le périple pieds nus.

De l'autre côté de la rivière, à l'emplacement de l'ancien moulin du Trieux, se dressaient les bâtiments de la cartonnerie, veillés par l'imposante cheminée de la machine à vapeur. La haute demeure grise des propriétaires dominait la vallée. Une passerelle, juste au-dessus de l'ancien déversoir, permettait autrefois de franchir la rivière. Les piliers en pierre étaient toujours présents, mais ne supportaient plus grand-chose. Personne, hormis une bande de gamins du quartier, tant intrépides qu'inconscients, ne se risquait sur les planches glissantes, enfin sur celles qui restaient. Les accidents étaient nombreux, mais l'endroit, intrigant, parfait terrain d'aventures, les attirait.

Pieds trempés, elles découvrirent l'envers du décor. Pas besoin de lampe : une lune pleine, complice ou perfide, l'avenir en déciderait, les accompagnait. Pas très rassurées, les deux jeunes femmes entreprirent le tour du propriétaire.

Assez modeste sur sa façade en bordure de route, la maison se révélait luxueuse dans sa partie cachée. Une piscine couverte était accolée au bâtiment principal et donnait sur une terrasse en larges dalles de marbre. Le jardin, lieu de villégiature à ciel ouvert, était immense, riche de plusieurs espaces de vie, et se déployait sur plusieurs niveaux jusqu'au bord de l'eau. Un véritable labyrinthe végétal, dédales d'allées, d'îlots de verdure cernés de saule tressé, de fontaines, d'arbres fruitiers s'appuyant sur des murets de pierres sèches… Un paradis sur terre, surtout pour des fleuristes.

Les deux amies, impressionnées par l'enjeu de l'expédition, ne pipaient plus mot. Au bout d'un moment, Sylviane chuchota :

— Que cherche-t-on au juste ?

— Chut, ma belle… Ouvre les yeux et les oreilles. On va tenter de pénétrer dans la maison.

— Tu es complètement folle.

— Toi, tu risques rien, tu fais le guet. Planque-toi derrière le bassin. De là, tu vois le portail. Si quelqu'un arrive, viens vite me chercher.

Sylviane n'eut pas le loisir de protester : Muriel, investie de sa mission exploration, avait filé. Quelques minutes plus tard, elle aperçut une voiture se garer devant la maison. Un homme pressé en sortit : Daniel Delahaye. Pourquoi rentrait-il si tôt ? Elle n'avait ni le temps, ni le courage, de prévenir son amie. À coups de respirations profondes, elle s'efforça de maîtriser les battements de son cœur et l'angoisse qui l'étreignait.

Une idée lui vint en tête. Un souvenir d'enfance : leur signal de ralliement à elle et Muriel. Elle positionna ses mains bien serrées l'une contre l'autre, écarta ses pouces et souffla. Le hululement d'une pseudo-chouette hulotte s'éleva. Elle souffla, souffla encore. Le visage de Muriel apparut par la baie vitrée. Message compris.

Les deux jeunes femmes se précipitèrent au fond du domaine, jusqu'au bord du Trieux. Parées à déguerpir, elles se tapirent derrière une haie vive, pas loin d'un vieux puits dissimulé sous des herbes folles qu'elles n'avaient pas remarqué lors de leur premier passage. Curieux laisser-aller, dans un jardin si soigné.

La terrasse s'éclaira. Peu de temps après, Delahaye, bouteille dans une main et barre à mine dans l'autre, surgit devant le puits. Un masque de folie furieuse transfigurait son visage. Il n'était pas seul : son chien, court sur pattes, véritable molosse au corps massif et musclé, haletant et crachant, l'accompagnait. Les deux jeunes femmes retenaient leur souffle. L'animal les effrayait encore plus que l'homme. Et s'il détectait leur présence ?

Le fleuriste, barre à mine en guise de levier, souleva la dalle recouvrant le puits. Elle bascula sur le côté. Puis il s'assit sur la margelle en pierre et commença à tirer sur la corde qui coulissa le long de la poulie. Il plongea sa main droite dans le puits, en retira à grand-peine un énorme paquet ficelé sans forme, sorte de toile imperméable, et le posa sur l'herbe. Puis il se pencha et attrapa un panier, l'ouvrit, fourra ses doigts à l'intérieur d'un sac de jute et en manipula le contenu, comme pour s'assurer que rien ne manquait. À la faveur de la clarté de la lune, Muriel et Sylviane eurent la révélation : il s'agissait du parachute et de la panière renfermant l'argent pour la Résistance, planqués là depuis la fin de la guerre.

Enfin, Delahaye s'arc-bouta. Yeux injectés de sang sortant des orbites, veines du cou au bord de l'implosion, il tira, tira davantage sur la corde. Un long tube verdâtre en ferraille apparut. Le fleuriste attrapa deux poignées, hissa le volumineux objet en équilibre au bord du puits et le fit basculer lourdement dans l'herbe.

— C'est le container qui contenait les armes, chuchota Muriel à l'oreille de Sylviane. Celui du parachutage.

Tour à tour tirant et poussant des deux mains, des fesses, du ventre et des pieds, Delahaye roula le gros suppositoire jusqu'à la rivière et, rassemblant ses forces, le balança dans le déversoir. L'eau coulait à flots à cet endroit, surtout depuis les dernières pluies. Le container s'enfonça immédiatement. Delahaye s'essuya le front, se releva et retourna vers le puits. Il y replaça le parachute et la panière, brandit la bouteille d'alcool à brûler qu'il avait apportée et arrosa l'ensemble. Ensuite, il tira de sa poche une boîte d'allumettes, en craqua une, puis une autre, et encore une autre. Une flamme s'éleva, puis s'éteignit. À la fin de la guerre, pour la fabrication des parachutes, le polyester avait été préféré à la soie trop onéreuse et au nylon. Cette matière les rendait plus résistants au feu.

En désespoir de cause, le fleuriste ressortit le chargement du puits et le traîna à grand-peine jusqu'au bord du Trieux. Il posa une énorme pierre dans la panière et une autre à l'intérieur du parachute et les envoya rejoindre le container. Ils s'enfoncèrent lentement dans l'eau vive et s'évanouirent en un ultime bouillon. Sylviane et Muriel retenaient leur respiration. Delahaye revint détacher la corde enroulée autour de la poulie et remonta vers la maison. Le chien disparut du champ de vision des deux jeunes femmes. De la terrasse, elles entendirent le fleuriste l'appeler :

— Togo ! Togo ! Où es-tu passé ?

Soudain, l'animal, babines épaisses retroussées, crocs puissants en avant, surgit devant elles et les fixa de ses yeux globuleux.

— Faut se barrer d'ici, souffla Muriel, dents serrées. Pas de geste brusque. On ne tourne pas les talons, jamais devant un chien menaçant. Crois-moi. Ne le regarde pas dans les yeux.

— Aucun risque… Je suis tétanisée. Je ne veux pas mourir.

— Tais-toi. On recule lentement, la passerelle se trouve juste derrière nous. J'espère qu'elle va supporter notre poids.

À genoux, à reculons, accompagnées par les craquements sinistres du bois, elles s'engagèrent sur la passerelle. Le molosse se lança à leur poursuite.

— Togo, tu es où mon chien ?

Delahaye s'approchait lui aussi. Sylviane sentait les larmes couler sans retenue le long de ses joues. Soudain, une planche se déroba sous l'animal. Il poussa un gémissement plaintif et, tout à coup, passa au travers. Le flot bouillonnant l'emporta au loin.

Sylviane et Muriel atteignirent l'autre rive et aperçurent le fleuriste se lancer dans une course éperdue le long de la berge pour tenter de récupérer son Togo.

— Je connais les lieux, nous allons suivre le cours de la rivière ! décida Sylviane qui, pour une fois, prenait les choses en main. Nous allons longer le domaine des Huet, les propriétaires de la cartonnerie, jusqu'à la carrière de Châteaulin, il n'y a personne à cette heure. Après la centrale se trouve une deuxième passerelle. Nous l'emprunterons pour revenir sur l'autre rive.

Entre cheminées, camions, monticules de sable, de cailloux et montagnes d'enrobé noir, elles traversèrent sans encombre le site désert et parvinrent au second pont.

— Heureusement, il est en meilleur état que celui du moulin, remarqua Muriel.

— Oui, il est encore opérationnel.

— Fais quand même attention à tes pieds. Ils sont en sang.

— J'ai perdu mes chaussures, je ne sais pas où… Bon, j'espère que Delahaye a repêché son chien, la pauvre bête n'y est pour rien.

— Tu disais pas ça tout à l'heure. En tout cas, on se dépêche de rentrer avant que la fleuriste ne revienne de la chorale. Et après, on avise.

*

Sylviane, toujours pieds nus, et Muriel regagnèrent l'appartement en silence, afin de ne pas alerter Le Bec. Ses ronflements résonnaient depuis le bout du couloir. Une fois remises de leurs émotions et après une brève toilette dans la salle de bains commune sur le palier, elles s'assirent au bord du lit pour faire le point.

— Le fleuriste n'a pas la conscience tranquille, déclara Muriel. Il a voulu faire disparaître les preuves. C'est donc lui qui a récupéré et volé le parachute perdu à la fin de la guerre. Le container a dû tomber dans son jardin qui se trouve tout près du lieu de largage et il l'a planqué au fond du puits. Il a certainement utilisé le fric pour réaliser ce luxuriant jardin. Sa femme est complice; elle ne pouvait pas ignorer la provenance de cette grosse somme d'argent.

— Muriel, tu disais que c'était peut-être Delahaye qui nous avait agressées? Même s'il bégaie?

— Oui, j'ai dit ça. Mais, tout à l'heure, je l'ai bien observé quand il a sorti le parachute du puits. Il est droitier.

— Et alors? demanda Sylviane.

— Je me suis rappelé que la personne au lavoir a voulu saisir son pistolet avec sa main gauche dans la poche gauche de sa veste. J'ai planté le couteau dans cette main.

— Donc notre agresseur est gaucher, dit Sylviane. Mais si ce n'est pas lui qui nous a attaquées, qui est-ce?

— Ernault ? Mais pourquoi est-il allé réclamer la protection de la gendarmerie ? Ça ne colle pas.

— Ernault a été blessé à la main droite, remarqua Muriel. Ce n'est pas lui non plus, il est droitier, comme Delahaye.

— Mais alors, qui est-ce ? Pas trop rassurant de savoir que quelqu'un rôde autour de nous et cherche à nous éliminer.

— Aucune idée. Demain, je lance Dupuy sur l'histoire du postiche.

Les deux jeunes femmes peinèrent à trouver le sommeil. Pas gênée de dormir à même le sol, Muriel avait cédé son lit à son amie.

15

Le lendemain matin, après une nuit occupée à ressasser la déclaration qu'elle avait préparée pour son adjudant, Muriel se leva de bonne heure. Sylviane, bouclettes blondes toutes mêlées étalées sur l'oreiller, s'était endormie au petit matin. Ses pieds meurtris dépassaient du lit et avaient taché les draps.

Muriel décrocha de son armoire les photos sur lesquelles se trouvait Delahaye. Puis elle descendit l'escalier, passa par la petite porte, se retrouva avant les autres dans la gendarmerie et patienta devant sa machine à écrire. En pensée, elle répétait son argumentaire.

L'adjudant-chef arriva le second et franchit lui aussi la petite porte. Après un bref salut à Muriel assise derrière son pupitre, assorti d'un « Déjà là ? » n'attendant pas de réponse, il regagna son bureau, la jeune femme sur ses talons.

Muriel étala les photos devant son chef et entama le discours qu'elle avait préparé. Martin Dupuy, après quelques signes d'impatience face à l'impertinence de l'intervention, l'écouta avec attention.

— Muriel, je vous rappelle que mademoiselle Henriot a avoué.

— Je le sais bien. Mais…

— Cette histoire de postiche est un peu tirée par les cheveux, sans jeu de mots, réfléchit l'adjudant-chef à voix haute. Mais cela expliquerait sa présence dans le canal. Nous allons vérifier tout cela. Je contacte le procureur et, s'il est d'accord, on organise une perquisition chez les Delahaye.

Le procureur donna son aval ; il accordait son entière confiance à l'adjudant-chef. Les deux hommes se connaissaient bien.

Les gendarmes trouvèrent le couple devant chez eux. Daniel Delahaye, son chien sans vie dans les bras, semblait très affecté. Muriel se fit la réflexion que certaines personnes attachaient plus d'importance à leurs animaux qu'aux humains.

— Où allez-vous comme ça ? demanda Dupuy.

— Chez le vétérinaire pour y dé… dédéposer notre Togo et le faire incinérer, répondit le fleuriste.

— Que lui est-il arrivé ?

— Il s'est noyé cette nuit. Je l'ai retrouvé ce matin. Hier, il faisait trop sombre.

Le regard noir de Marguerite Delahaye en direction de son époux n'échappa pas à l'œil avisé du gendarme.

— Dans la rivière ? Que faisait votre chien dans la nuit au bord du Trieux ? Vous n'étiez pas à votre répétition de chorale ?

Furieuse, la fleuriste serra dents et poings tout en hochant la tête en direction de son mari décidément trop émotif.

— Vous vous occuperez de votre Togo plus tard ! poursuivit Dupuy. Gendarmes, fouillez la maison, le jardin… et sondez la rivière au fond du terrain.

Les hommes se déployèrent sur l'ensemble de la propriété. Le container, le parachute et la panière furent vite découverts dans l'eau du Trieux. Marcel Mérieux arriva, chaussures de Sylviane toutes crottées au bout des doigts.

— C'est une pointure minuscule, un 34. Ces foutus gamins font vraiment n'importe quoi. L'un d'eux a même perdu ses godasses dans la rivière.

Muriel avala péniblement sa salive.

— Monsieur et madame Delahaye, vous allez nous accompagner à la gendarmerie, ordonna le chef Dupuy.

En passant, la fleuriste fixa Muriel d'un air mauvais. À ce moment-là, la jeune enquêtrice eut une révélation. Ces yeux verts en amande, elle les avait déjà croisés…

16

Daniel Delahaye fut questionné le premier, en dehors de la présence de sa femme qui semblait avoir beaucoup d'ascendant sur lui. Il nia tout en bloc dans un premier temps. Mais son caractère faible eut raison de sa résistance et il déballa son histoire devant les gendarmes sidérés. Muriel assista à l'interrogatoire et obtint même l'autorisation exceptionnelle d'y participer au besoin. Éric Le Bec appelé pour taper la déposition à sa place, s'exécuta de mauvaise grâce et, pour montrer son désaccord, enfonça son index tendu d'une manière exagérée sur chaque touche. Le fleuriste respira profondément et, presque sans bégayer, se lança, comme si, conscience soulagée, il s'autorisait enfin à parler normalement :

— En cette fin d'après-midi, euh… C'est-à-dire… veille du pa… pa… pa… pardon de Notre-Dame-des-Fontaines 1944, Kerizel, après sa journée à la cartonnerie, décida de rentrer chez lui par la passerelle de l'ancien moulin. Il l'empruntait souvent : une de ses conquêtes habitait pas loin du lavoir du Salbatar. Il aimait lui rendre de petites visites rapides c'est-à-dire… en l'absence du mari qui avait des horaires de nuit. Mais ce jour-là, c'est avec ses amis Anselme Allainmat et euh… Bernard Brigand qu'il avait rendez-vous au Cercle avant la répétition de la chorale. La fin de la guerre approchait. Les trois hommes avaient trempé dans des histoires de dénonciation très louches et désiraient se racheter une conduite. Ca… ca… Carré-Kerizel a eu l'idée euh… C'est-à-dire… de capturer un officier allemand et le livrer à la Résistance pour s'en attirer les bonnes grâces…

— Ah, c'est lui qui en a eu l'idée ? Monsieur Houérou m'a affirmé le contraire…

— Euh oui, c'est-à-dire, le matin même, il avait entendu le mes… mes… sage de la BBC, euh… « Pontrieux, coin trois fois délicieux ». Il avait donc compris qu'un pa… pa… rachutage se préparait et que c'est-à-dire… c'était le moment idéal pour passer à l'action.

Éric Le Bec demanda s'il devait euh… C'est-à-dire… ta… ta… taper aussi les parties bégayées. « *Quel idiot !* » pensa Muriel. Le chef Dupuy haussa les épaules, se gratta vigoureusement la tête puis, entre le pouce et l'index, massacra une cigarette oubliée au fond de sa poche.

Un instant déstabilisé, le fleuriste reprit, avec force grimaces :

— Kerizel décida de passer chez moi pour me pro… propo… poser son idée. J'habite pas loin de la passerelle du moulin. Il arriva, survolté. Je n'avais pas trop le temps de discuter avec lui car le parachutage était imminent. Mais il a insisté en déclarant que cela serait rapide. Nous sommes allés dans mon jardin le long du Trieux, c'est-à-dire… pour être plus tranquilles. C'est à ce moment euh… que le largage a eu lieu, avec un peu d'avance. Un des containers et une panière sont tom… tom… bés juste devant nos yeux. Kerizel s'est pré… ci… ci… pité sur le container et l'a ouvert, avant que j'aie le temps d'intervenir. À l'intérieur, se trouvait entre autres ce pistolet Sten et dans la panière des vivres et des billets de banque, c'est-à-dire environ un millier de francs, destinés à la Résistance. Charles m'a proposé de partager avec lui. Euh… c'est-à-dire… J'ai hésité. Avec ma femme, on tirait le diable par la queue. Pendant la guerre, l'achat de fleurs ne constituait pas une priorité. J'ai toujours œuvré pour la Ré… ré… sis… sis… tance, je ne me suis pas enrichi comme certains avec le marché noir…

— À qui pensez-vous ? demanda Martin Dupuy…

— Oh, euh… à Émile Ernault, le restaurateur. Lui ne s'est pas privé, même s'il était résistant. Quand Kerizel m'a proposé de partager, j'ai cra… cra… qué, j'ai accepté. Kerizel a récupéré la moitié de la somme et j'ai replacé l'autre moitié dans la panière. Ensuite, on a planqué le parachute, le container et la panière dans le puits à sec au fond de mon jardin et j'ai posé une dalle par-dessus. J'avais des remords, je souhaitais donner l'argent aux orphelins de la guerre, je vous le jure, mais ma femme a décidé que le vent avait tourné et que cet argent tombé du ciel était notre chance.

Daniel Delahaye aspira une bonne goulée d'air et, sans qu'on ne lui demande rien, ajouta :

— Ma femme Margue… guerite… C'est elle qui décide tout à la maison, depuis toujours… Je ne sais comment dire, vous sa… savez, ma femme Margue… guerite…

— Non, nous ne savons rien. Dites alors ! s'exclama le chef Dupuy à bout de nerfs. Donc votre femme Marguerite…

— Ma femme Margue… guerite… me bat, voilà c'est dit ! Je suis un homme battu, c'est la vérité.

— Je vous crois, soupira l'adjudant-chef, sidéré. Mais cela n'excuse pas vos actes. Poursuivez.

Le fleuriste s'arrêta un instant, surpris lui-même de ce lâcher de confidences sans parachute et soupira, comme libéré d'un énorme poids sur le cœur. Après un long silence que personne, même Éric Le Bec, ne troubla, il éclata en gros sanglots déchirants que Muriel considéra comme fort gênants. Enfin, le fleuriste reprit son monologue :

— Nous avons réalisé son rêve : aménager cette merveille de jardin, avec piscine, arbres et essences les plus rares. Nous l'avons fait en secret ; je n'aurais pas pu expliquer d'où provenait cet argent tombé du ciel. Heureusement, notre maison est isolée du reste des habitations. Je re… re… grette, oh comme je re… re… grette !

Il renifla et s'essuya les yeux et le nez du revers de sa manche couverte de morve. *« Le voilà qui balance sa femme,* pensa Muriel. *L'ultime vengeance d'un homme battu. »*

L'adjudant-chef interrompit la séance, alla s'informer du déroulement de l'audition de Marguerite

Delahaye dans une autre pièce et revint, visiblement satisfait. Sans qu'on ait besoin de le relancer, le fleuriste reprit :

— Après être passé chez moi, Carré-Kerizel a rejoint ses amis au Centre. Évidemment il ne leur a pas parlé des containers et de la panière perdus. Les trois hommes ont décidé de suivre Ludwig Müller jusqu'au lavoir. Ils l'ont capturé et sont arrivés en bas de chez moi en barque avec l'officier ficelé comme un lapin. Je les ai menés au champ de Traou Me… me… ledern, et ils ont livré leur colis aux compagnons en racontant euh… C'est-à-dire… que le Boche avait violenté une jeune fille. Il a été fusillé. J'ai appris plus tard que Carré-Kerizel mentait, que c'étaient lui et ses collègues qui avaient euh… abusé d'Elvire Touzé.

Muriel ne put s'empêcher d'intervenir :

— Vous étiez donc au courant ?

— Tout le monde, ou presque, l'était. C'est-à-dire… les gens causent. Mais personne n'a rien dit. Pire, nous avons tondu Elvire. J'ai moi-même par… par… ticipé à cette horreur. Euh… je ne l'assume toujours pas. Je re… re… grette, oh comme je re… re… grette !

Muriel sentit le dégoût envahir sa bouche pâteuse. Elle souffla par réflexe sur sa mèche et, sans s'en rendre compte, d'un coup de tête rageur, la balança de l'autre côté de son crâne. Son secret, sa partie rasée, fut dévoilé aux yeux de tous. Les regards des gendarmes se croisèrent, se recroisèrent, mais devant les yeux noirs rageurs, personne n'osa faire de réflexion.

— Reprenons, ordonna l'adjudant-chef. Maintenant, racontez-nous ce qui s'est passé il y a quelques jours, la veille du pardon.

Daniel Delahaye, qui n'avait visiblement pas prévu de raconter cette partie de l'histoire, avala péniblement sa salive et bégaya de plus belle :

— Vous avez votre cou… cou… pable pour le meurtre de Carré-Kerizel. Cette ma… ma… de… demoiselle Henriot. Euh… elle a… avoué, non ?

— Certes, elle a avoué. Mais n'éludez pas la question. Ne mentez pas, votre femme est interrogée dans une autre pièce. Quand elle a appris que vous l'aviez mise en cause pour l'argent du largage, elle vous a dénoncé. Vous formez un charmant couple.

Le fleuriste blêmit. Contraint de vider son sac, il lança d'une traite, enfin du moins essaya :

— Samedi, euh… C'est-à-dire… veille du pardon, Kerizel a reçu cette affreuse carte. On savait tous ce que cela signifiait, c'était un arrêt de mort, on en avait papapa… parlé au Cercle après les assassinats d'Anselme et de Bernard. Complètement affolé, il a débarqué chez moi, enveloppe à la main. J'ai tenté de le convaincre de se rendre et de tout avouer, même si j'étais également mis en cause. Après tout, je n'avais tué personne, euh… C'est-à-dire… jusqu'à ce momomo… ment-là. Il était temps que tout cela finisse. Charles ne m'écoutait pas ; il voulait ré… récu… cucu… pérer un des pistolets Sten pour se défendre s'il croisait le mystérieux meurtrier. C'est-à-dire… il avait décidé de prendre les devants et de l'attendre au lavoir ou à proximité du garde-corps, là où il pensait qu'il tenterait de l'éli… lé… l'éliminer. J'ai refusé de lui donner le Sten…

— Pourquoi ? demanda Martin Dupuy.

— C'est une arme très sensible, à ma… ma… nipuler avec précaution : il peut déclencher le tir à l'improviste. S'il tombe, il peut vider son chargeur tout seul. Je lui ai proposé un pistolet plus petit, que j'avais récu… récupéré du largage. Il ne fonctionnait plus, mais Charles l'ignorait. Si le corbeau l'attaquait, ce serait dissuasif et personne ne serait tué. Mais il était devenu fou, c'est-à-dire… il réclamait le Sten, pas un autre. Il hurlait qu'une mitraillette ou au moins un pistolet auraient dû lui revenir ; il prétendait que le partage n'avait pas été équitable. Je lui ai répondu que je n'avais tiré aucun bénéfice de la présence de ces armes chez moi, que je regrettais chaque jour que Dieu fait d'avoir volé cet argent.

Kerizel n'avait cure de mes remords tardifs. Il n'a jamais supporté qu'on lui tienne tête. Il s'est rué sur moi, euh… on s'est battus, et il m'a asséné un violent coup de poing dans la poitrine. Je ne suis pas très costaud, je suis tombé. J'étais sonné. Il en a profité pour aller récu… cucupérer un des Sten et un chargeur dans le puits au fond du jardin et il a filé. Voilà c'est tout. Je ne l'ai plus revu ensuite.

— Vous n'avez plus rien à ajouter ? demanda le chef Dupuy.

— Non non, c'est tout ce que je sais.

— Et le postiche ? lança soudain Muriel.

Éric Le Bec suspendit un doigt perplexe au-dessus des touches de la machine à écrire. Delahaye, soudain très pâle, se tourna vers le chef Dupuy. D'un geste de la main, celui-ci lui enjoignit de répondre à la question.

— Le popo… postiche ? Quel popo… postiche ?

— Nous avons retrouvé un postiche dans le canal. Nous savons que c'est le vôtre ! Il faut vraiment vous sortir les mots de la bouche ! s'exclama Muriel que plus personne ne pouvait arrêter.

— Bon, reconnut Delahaye, quand j'ai repris mes esprits, je me suis lancé à la poursuite de Kerizel.

— Enfin ! On y arrive ! cria presque Muriel.

— Ben, euh, je voulais rapporter l'arme à la gengengen… darmerie. Kerizel m'a repéré, euh… de loin, au moment où il allait bifurquer vers le lavoir. Alors il a changé d'avis, s'est mis à courir et s'est engagé dans le sentier de Grav Stivellou. Je peinais à le suivre, cette brute avait dû me casser quelque chose. Quand je suis arrivé dans la côte des Fontaines, je l'ai aperçu, penché sur le garde-corps.

— Que faisait-il ? demanda Muriel.

— Je ne sais pas trop, il examinait fixement l'eau. Peut-être avait-il laissé tomber quelque chose ?

— Continuez, ordonna Muriel.

Le chef Dupuy l'autorisait tacitement à prendre la main sur l'interrogatoire. Provocatrice, elle lançait des regards appuyés à Éric Le Bec qui, index survolté, totalement en panique au-dessus de sa machine à écrire, ne levait plus la tête. Delahaye poursuivit son récit :

— Je me suis prépré… ci… cipité sur lui pour arracher le Sten qu'il tenait encore sous son imperméable. Il s'est retourné. Il avait une sale tête blafarde, yeux révulsés, comme défigurée par la rage. Il a résisté, assez mollement j'ai trouvé, cela m'a étonné, je me suis dit que son embonpoint lui jouait des tours après sa course folle. Enfin, il a quand même réussi à garder l'arme dans ses bras. Le coup est parti, mais ne l'a pas atteint. Avec la dé… dé… flagration, le Sten lui a échappé des mains ;

Kerizel a tenté de le rattraper au vol et a basculé par-dessus le garde-corps. Sa tête a heurté les pierres et est restée sous l'eau. J'aurais voulu l'aider, mais la pression des flots l'a brusquement entraîné dans le canal, je n'ai rien pu faire. C'est un accident, je ne l'ai pas tué.

— Vous parlez d'une déflagration ? demanda l'adjudant-chef. Pourquoi aucun des habitants des maisons alentour ne l'a-t-il mentionnée ?

— C'est-à-dire… avec l'orage et les fortes pluies qui dé… dé… gringo… go… laient à ce moment-là, personne n'a rien entendu.

— Et le postiche ? insista Muriel.

— J'y viens ! En tentant de se retenir à moi dans sa chute, Carré-Kerizel a attrapé mon popopos… postiche. C'est comme ça qu'il est tombé dans le canal.

— Et après tout ça, vous vous êtes rendu à votre répétition de chorale, sans perruque. Tranquillement, comme si de rien n'était.

— Oui… Je suis tellement, tellement, dédé… désolé. Il était trop tard. Même si c'était un accident, j'avais tué un homme.

— Vous et votre femme êtes en état d'arrestation. Je vais transmettre toutes ces informations au procureur. Félicitations, Muriel. Grâce à votre aide, l'affaire Carré-Kerizel est résolue pour de bon. Vous irez loin. La gendarmerie a besoin de vous.

— Merci, adjudant-chef, bredouilla Muriel.

Elle se redressa, sourit et, du bout des doigts, lissa sa mèche rebelle.

Après cette journée épuisante, Muriel alla retrouver Sylviane dans la petite chambre et lui raconta tout par les détails.

— Merci, Muriel. Pourquoi s'est-elle accusée si elle n'est pas coupable ?

— Je pense que si elle avait été en capacité de le tuer, elle l'aurait fait. Elle a cru que tu avais tué Kerizel, elle aura voulu te protéger. Un de plus ou de moins… Bon, Sylviane, nous devons porter plainte.

— Nous ne sommes pas certaines de l'identité de notre agresseur !

— Si, si, moi j'ai tout compris quand les Delahaye ont été arrêtés. J'ai croisé le regard de la fleuriste. L'agresseur c'est elle, l'agresseur est une femme. Comment mon esprit en perpétuelle quête d'égalité entre les deux sexes ne l'a-t-il pas envisagé ? Cette affreuse bonne femme va être remise en liberté : les faits qui se sont passés pendant la guerre sont prescrits. Elle ne peut pas s'en tirer comme ça.

— Tu es certaine que c'est elle qui nous a attaquées ?

— Absolument. J'ai reconnu ses yeux en amande ; je suis très physionomiste. Et lors de son interrogatoire, elle portait des gants. En été !

— D'accord. Je te fais confiance. On ira demain.

Le lendemain, Muriel et Sylviane déposèrent plainte contre Marguerite Delahaye qui fut conduite dans le bureau de l'adjudant-chef pour une confrontation. Les trois femmes s'assirent en face du bureau. La fleuriste nia en bloc les accusations. Devant l'adjudant-chef interloqué, Muriel ordonna alors à la fleuriste d'ôter ses gants. Elle refusa énergiquement. Mais Martin Dupuy lui fit signe d'obéir. La fleuriste s'exécuta avec force grimaces. La plaie de sa main gauche enveloppée dans un bandage peinait à cicatriser. Muriel ne put s'empêcher de s'en réjouir.

Marguerite Delahaye raconta que son mari avait reçu la carte de la Vierge le matin même et qu'il craignait pour sa vie. Elle-même redoutait que tout Pontrieux apprenne le détournement de l'argent du largage. Soupçonnant Sylviane d'être le corbeau, elle décida de lui faire peur, à elle mais aussi à son amie « fouille-merde ». Elle avoua les avoir menacées avec une arme utilisée par son époux pendant la guerre mais assura qu'elle n'était plus en état de marche.

Le gendarme Le Bec fut chargé d'aller récupérer le pistolet. Muriel l'accompagna pour lui indiquer l'endroit où elle se rappelait l'avoir jeté. Il se pouvait qu'il ait atterri dans un lavoir de l'autre rive ou alors dans le jardin du propriétaire. On ne peut pas dire que l'escapade rapprocha les deux ennemis, mais elle ne les éloigna pas non plus. En cette fin d'été, leur mission à tous les deux arrivait à son terme. Finies les « prises de bec avec Le Bec », se dit Muriel en souriant. Elle les regrettait déjà. À leur retour, le jeune gendarme fit son rapport à leur chef : pas trace du pistolet. Muriel soupçonna la fleuriste d'être allée le récupérer, mais il lui était impossible d'en apporter la preuve.

L'adjudant-chef leur apprit que mademoiselle Henriot était au plus mal et qu'il lui avait accordé l'autorisation de s'entretenir avec Sylviane avant de mourir. Muriel accompagna son amie à Guingamp et l'attendit devant la chambre de l'hôpital.

17

Une demi-heure plus tard, Sylviane sortit de la chambre ; son institutrice venait de rendre l'âme dans ses bras. Elle rejoignit Muriel sur le parking, prit le volant et, sur pilote automatique, conduisit jusqu'à Pontrieux. Silencieuses, les deux jeunes femmes descendirent de la voiture devant la maison Touzé. Au moment de quitter son amie, Sylviane, brusquement secouée par de violents hoquètements étouffés, s'effondra sur les marches. Un flot de larmes libérateur inonda ses joues.

Soudain, contre toute attente, elle s'arrêta net, essuya son visage d'un revers de manche, et demanda entre deux reniflements :

— Dis, Muriel, la clé de l'appartement de mademoiselle Henriot se trouve bien à la gendarmerie ?

— Oui… mais je te préviens, je ne fais plus rien d'illégal.

— Non, non. Avant de s'éteindre, notre institutrice m'a priée d'aller chercher la robe qu'elle portait déjà à l'enterrement d'Elvire. Bleu clair, différente de ses tenues sobres et sombres. En mémoire d'Elvire, jeune fille joyeuse qui aimait la vie et les couleurs. Elle désirait revêtir cette robe sur son lit de mort. Elle m'a aussi fait promettre que ses cendres soient répandues sur la tombe d'Elvire. J'ai promis, que pouvais-je faire d'autre ? Pourquoi y tenait-elle tant ? Avant de mourir, elle a voulu me dire encore autre chose, elle m'a attrapé le bras, a approché son visage de mon oreille, a essayé de parler mais n'en a pas eu la force. Elle a eu un sursaut ; j'ai voulu la retenir et elle est morte dans mes bras.

L'adjudant-chef autorisa Sylviane et Muriel à aller chercher la robe chez mademoiselle Henriot. Elles s'y rendirent sans attendre. En arrivant devant la porte, Sylviane stoppa net et serra fort les mains de son amie.

— Vas-y, toi, s'il te plaît. Moi je ne peux pas.

Muriel pénétra seule dans l'appartement. Dans la chambre, elle contourna le lit défait et ne put s'empêcher d'éprouver un énorme pincement au cœur. Au fond de la penderie, elle découvrit la robe en question, protégée par une housse plastique transparente. Un renflement curieux dans une des poches attira son attention. Elle y plongea la main et en sortit deux enveloppes. Sur la première, ouverte, était inscrit un seul mot : « *Odette* » ; elle contenait la fameuse lettre d'Elvire. Mademoiselle Henriot ne s'en était pas débarrassée. Muriel la parcourut des yeux rapidement, puis appela :

— Sylviane, viens vite !

À contrecœur, coulées de maquillage le long des joues, Sylviane la rejoignit, prit la lettre et débuta la lecture à voix haute : « *Mon amour chéri, tu me manques tant. Je crève de te savoir si près et si loin à la fois. Lis cette lettre jusqu'au bout. Ne me juge pas. Pourras-tu un jour me pardonner ?* »

Sylviane se tut et mordit ses lèvres à sang.

— C'est beau, soupira Muriel, presque malgré elle.

— Tu trouves ? C'est choquant plutôt. Je comprends mieux pourquoi elle tenait tant à retrouver Elvire jusque dans la mort ! grogna Sylviane.

— Respecte ta mère. Les deux femmes s'aimaient, même si elles ne vivaient pas ensemble, même si elles ne partageaient pas le quotidien. Et alors ?

— C'est trop pour moi. C'est vraiment trop.

D'un geste rageur, Sylviane jeta la lettre sur le parquet. Muriel la ramassa et la parcourut rapidement des yeux.

— Tu ne souhaites pas lire tout ce que ta mère a écrit ?

— Non. Si. Lis-la, toi, s'il te plaît.

— D'accord.

« *Pontrieux, mars 1945,*

Mon amour chéri, tu me manques tant. Je crève de te savoir si près et si loin à la fois. Lis cette lettre jusqu'au bout. Ne me juge pas. Pourras-tu un jour me pardonner ? Excuse les fautes, je ne possède ni ton style ni ta facilité de rédaction. Me voilà de retour au pays après ce long exil. Six mois sans lettre, que c'est dur ! Je suis si peu de chose sans toi. Je t'écris de ma petite chambre, à la lueur des bougies. Mon père est très occupé, mais ma mère ne me lâche pas d'une semelle. Lorsque, contre mon gré, je suis partie en Auvergne chez un couple de leurs amis, elle a fouillé dans mes affaires. Heureusement, j'avais brûlé toutes tes lettres, tous tes mots doux si chers à mon cœur. Elle aurait pu mettre la main dessus.

La pure Elvire que tu as connue n'est plus. Je vais tout te raconter, aucun mensonge ne ternira notre union. La guerre touchait à sa fin. Ludwig m'a annoncé qu'il était muté sur le front de l'Est. On s'entendait bien, même s'il était allemand. Il n'était pas comme les autres. Rien à voir avec notre amour à toutes les deux, celui-là est au-dessus de tout, ne sois pas jalouse. Nous partagions notre passion pour la musique. Il était pianiste lui aussi et nous jouions des après-midi entiers. Il m'a protégée, tu sais, et m'a évité l'humiliation bien des fois. Il ne participait pas aux orgies dans la propriété.

*Des femmes étaient amenées pour amuser les officiers. Certaines consentantes, elles étaient nombreuses ; des avantages, conséquents en ces temps difficiles, récompensaient leur prestation. D'autres contraintes, choisies parmi les plus belles du canton, pour pimenter les réceptions. L'*Oberstrurmführer *aurait souhaité m'offrir en pâture à ses invités. J'étais jolie, j'étais jeune. Rigolard, il se gargarisait : « Elvire ? Chasse gardée,* verboten *! » Quand ces soirées avaient lieu, je m'enfermais à double tour dans ma chambre, je me terrais dans un coin. Impossible de fermer l'œil de la nuit. Je redoutais à tout instant d'entendre cogner à la porte et d'être contrainte d'ouvrir.*

Ce matin-là, il y a onze mois déjà, Ludwig m'a donné rendez-vous au lavoir du Salbatar. La libération de Pontrieux était proche. C'était l'occasion de nous revoir une dernière fois et de nous dire adieu. Dans la maison, nous n'étions jamais tranquilles : mes parents ou ses supérieurs risquaient de surgir à tout moment.

Nous nous sommes assis sur le banc, silencieux. Nous ne parlions jamais beaucoup ; il connaissait quelques mots de français, mais ce n'était guère suffisant pour tenir une véritable conversation. Il m'aimait passionnément. Comment rester insensible devant tant de sentiment ? Il m'aimait et j'aimais son amour. Je ne souhaitais pas lui faire de la peine. Il m'a promis que l'on se retrouverait après la guerre, lorsque tout serait fini et qu'on se marierait. Je n'ai pas eu le cœur de l'en dissuader. Je savais bien que plus jamais je ne le reverrais. Il a pris ma main, l'a portée à sa bouche et l'a baisée tendrement. Il m'est alors venu une pensée insensée. Je connaissais ma date d'ovulation.

Ne crie pas, chère amie, je t'entends d'ici. Tu ne désirais pas d'enfant qui servirait un jour de chair à canon. Mais une fois que tu l'aurais vu, tu l'aurais aimé ce bébé, je le sais au fond de moi. Devant mon absence de réaction, il s'est enhardi et m'a caressé le visage. J'ai pensé au tien faussement sévère, à tes longs cheveux noirs épais lâchés uniquement pour moi sur tes épaules, à tes yeux doux derrière tes lunettes d'institutrice. Je me suis dit que je ne reverrais plus jamais Ludwig après la guerre. Il était si beau, notre enfant lui ressemblerait un peu. Alors j'ai décidé de me laisser faire. »

— Tant de détails, c'est obscène ! grommela Sylviane. Je ne sais pas si je souhaite en entendre davantage.

— Elle explique pourquoi elle désirait le faire, insista Muriel.

— Cela me choque.

— Ça fait partie de ton histoire, comme pour moi celle de mes parents, de ma sœur.

— Tu t'es bien enfuie toi.

— Je suis revenue. Fuir ne sert à rien, il faut affronter la vérité, même si elle fait mal…

— Je n'y comprends plus rien, s'écria Sylviane. Müller est vraiment mon père alors ?

— Attends, la lettre n'est pas finie.

Muriel reprit la lecture :

« *C'est à ce moment-là qu'ils ont surgi. Ils étaient trois, peut-être quatre. Je ne sais pas depuis combien de temps ils nous observaient. Ils avaient dû suivre Ludwig. Il faisait nuit noire et leurs visages étaient dissimulés sous des cagoules. Ils se sont jetés sur Ludwig, l'ont frappé, bâillonné et attaché au poteau du lavoir pour qu'il profite bien du spectacle. J'ai vu qu'il pleurait. Et l'un après l'autre, ils m'ont violée. Le premier a soulevé ma robe et a arraché ma culotte. Ils riaient à gorge déployée. Ils ont bâclé leur affaire, sans doute de crainte d'être surpris. J'ai attendu que le cauchemar cesse, je suis sortie de mon corps et je leur ai abandonné sa dépouille. Je n'avais aucune idée de l'identité de mes agresseurs. Tout était allé si vite.*

Si, j'ai reconnu l'un d'eux à son parfum, une fragrance entêtante que je supportais chaque jour et pour cause. C'était Musc de Kiehl's, une eau de toilette surnommée « Philtre d'amour », un comble ! L'odeur d'Anselme Allainmat, mon patron du salon de coiffure. Il s'en aspergeait copieusement chaque matin. Ce parfum, croyait-il, le rendait irrésistible. Je me méfiais de ce bonhomme obséquieux. J'avais raison. Il me serrait d'un peu trop près et ne ratait aucune occasion pour me tripoter. Par exemple, sous prétexte de m'apprendre les rudiments du métier, il se tenait dans mon dos quand je m'occupais d'une cliente. Il se frottait à moi. Sa main par-dessus la mienne brandissait les ciseaux ; l'autre effleurait ma poitrine. La présence de sa femme qui travaillait avec lui ne le dérangeait pas le moins du monde.

Après avoir terminé leur ouvrage, l'un de mes agresseurs a serré mon cou et m'a ordonné de la fermer, sinon ils me tueraient, moi et ma famille et ils détruiraient mon honneur. J'ai juré, que pouvais-je faire d'autre ? Ils m'ont abandonnée là, sur la dalle froide, ma robe blanche relevée que je n'avais pas eu le réflexe de rabattre. Ils ont jeté Ludwig dans une des barques et ils sont partis.

J'ai repris mon souffle et je suis rentrée à la maison en évitant les rues passantes. Je suis montée dans ma chambre et j'ai pleuré. Plus tard, j'ai compris que j'étais enceinte et que l'un de ces salauds était le père. J'allais avoir un enfant, c'était mon désir, mais Dieu m'avait punie. Le bruit a couru que Ludwig m'avait violée. Je les ai laissés dire. J'avais peur. »

— Je le savais ! s'écria Sylviane. Mademoiselle Henriot m'a tout raconté l'année dernière lors de ma visite avant d'aller chez le notaire, mais là, tout de même, les mots de ma mère me font mal.

— J'arrête ?

— Au point où on en est, continue, s'il te plaît…

— D'accord.

Muriel prit une grande respiration avant de poursuivre :

« *Mon calvaire n'était pas terminé. Après la guerre, un soir, je l'ai entendu : une sorte de bourdonnement lointain, puis très vite le tonnerre des cylindres sur la route caillouteuse. Par la fenêtre de ma chambre, j'ai aperçu le monstre en marche : un camion tirant la charrette des condamnées et derrière elle des personnes du village avides de vengeance, en quête de sensations. J'ai compris.*

À la va-vite, j'ai enfilé une robe blanche sans manches, toute simple, pas du tout de saison, celle que je revêtais le jour du viol. Je ne l'avais pas lavée, je l'avais roulée en boule dans le fond de mon armoire. Elle portait encore l'auréole de mon sang de vierge. J'ai entendu les cris dans le hall. Un maquisard est monté et a pénétré dans ma chambre. Il a crié : « Par ici, Putain, des Boches ! » Il m'a saisie par le bras, j'ai ressenti une vive douleur. Il m'a poussée brutalement jusqu'en bas de l'escalier. Mes parents n'ont rien tenté pour l'arrêter. Plus que de la tristesse, j'ai même perçu du mépris dans les yeux de mon père.

Dans la cour, tel du bétail, ils ont fait descendre de la remorque agricole les autres filles. J'ai reconnu certaines d'entre elles, qui avaient participé de gré ou de force aux orgies de la Kommandantur. *Mon patron coiffeur est arrivé, a calé une pauvre chaise de paille dans les gravillons et a sorti ses instruments de torture. Une à une, les femmes, résignées, y sont passées. J'étais la dernière. Je me suis avancée, fière dans ma robe blanche tachée de sang. À travers le tissu fin, mon ventre pointait déjà sa révolte.*

Une Pontrivienne que je connaissais de vue s'est écriée : « Elle va être mère, laissez-la ! Ce n'est pas sa faute, elle a été violée ! » Un silence embarrassé s'est abattu sur les justiciers. Court instant d'espoir. L'un d'eux a vociféré : « Violée ? Consentante, oui. Que faisait-elle à ce lavoir ? Des employés de maison l'ont surprise à de nombreuses occasions en compagnie de cet officier. Tondez-la ! » Il s'est ensuivi un murmure qui a enflé, enflé jusqu'à se faire clameur et couvrir les protestations de quelques Pontriviens : « Tondez-la ! Tondez-la ! Tondez-la ! »

Allainmat coupa d'abord les mèches les plus longues, puis attaqua le reste à la tondeuse. Plusieurs personnes partirent à ce moment-là. Les bretelles de ma robe tombèrent ; les témoins retinrent leur souffle. Ils attendaient du spectacle, ils en avaient, et gratuit par-dessus le marché. Ma poitrine gonflée apparut, nue, exhibée aux yeux de tous. La honte suprême. Je fis un geste pour remonter les bretelles, mais Allainmat plaqua ses grosses mains moites sur les miennes et les maintint sous mon cou, m'étouffant presque, pendant qu'il achevait son œuvre. Quelqu'un prit des photos. Des hommes posèrent en chasseurs à côté des suppliciées. Et puis le convoi repartit. Les femmes le suivirent, pieds nus cette fois. Je restais seule au milieu de la cour ; personne pour me venir en aide. Une mèche blonde échoua sur mon sein. Je te l'ai jointe à ce courrier. Garde-la en souvenir de moi, de la jeune fille pure que tu as aimée et qui n'est plus. Pardonne-moi. »

Fébrile, Sylviane secoua l'enveloppe.

— Pas de mèche, soupira-t-elle.

— Je sais où elle se trouve : dans un écrin dans le secrétaire.

— Je la prendrai tout à l'heure. C'est à mon tour de lire la lettre, je dois bien ça à ma mère…

— Tiens, la voilà.

— Merci, Muriel.

Cœur battant à tout rompre, Sylviane lut la fin de la lettre d'une traite, presque en apnée :

« Mes parents m'ont immédiatement expédiée en Auvergne pour le terme de ma grossesse. Ils se sont

débarrassés de la Putain. J'étais au calme là-bas, montagnes pour horizon. Le couple s'est bien occupé de moi. Mon piano, mon cher piano me manquait, tu sais comme je la chéris ma musique. J'ai accouché ; ma petite fille est née. Mon ventre était plat, j'étais délivrée.

L'enfant de la honte, j'ai commencé à l'aimer pourtant. Trois mois plus tard, retour à Pontrieux. Mes parents ne semblaient pas pressés de me récupérer. Mon père m'a arraché mon bébé des bras dès que je suis rentrée, puis il a apporté l'encombrant colis au foyer – il connaissait le directeur –, arguant qu'il n'était pas question de s'occuper d'un bâtard de Boche.

Ma chère amie, pourquoi ne m'as-tu pas donné de tes nouvelles ? Ce silence est insupportable. Cet enfant, ce petit être innocent, nous l'aurions élevé toutes les deux et tu l'aurais aimé. Sans toi, je n'ai pas la force de résister. Mes seins sont lourds ; le lait sans pitié perle. Ma mère a bandé ma poitrine. C'est l'usage, elle a dit. J'ai mal, j'ai si mal. Tu ne reconnaîtrais pas mon bedon si doux perclus de vergetures. Je me dégoûte.

Voilà, je t'ai tout dit. Je t'embrasse de tout mon cœur, ma chère amie. Prends soin de Sylviane, même de loin. C'est ma dernière volonté. Pardonne-moi. Adieu, mon amour. Elvire »

— Horrible ! s'écria Sylviane. Elle s'est donné la mort, c'est lâche, elle m'a abandonnée.

— Lâche ? Il faut du courage et beaucoup de détresse pour faire ça. Ne la juge pas si sévèrement. Elle implore le pardon d'Odette et la supplie de s'occuper de toi.

— Odette ?

— Oui, Odette c'est mademoiselle Henriot. Son prénom était inscrit sur l'enveloppe et sur la porte de l'hôpital aussi d'ailleurs…

— Je n'ai pas fait attention. J'étais bouleversée. Pour moi, elle était mademoiselle Henriot, notre institutrice. Quand on était gamins, on croyait même qu'elle dormait dans la classe, que l'école était toute sa vie. Tu dis qu'elle a tenu parole ? Elle m'envoyait de l'argent, c'est ça que tu appelles s'occuper de moi ?

— Elle a tenu parole, à sa façon. Dans une petite ville, à cette époque-là, il lui était impossible de parler de son homosexualité. Odette était enseignante, directrice. Elle a préféré se taire et agir dans l'ombre en vengeant Elvire.

— Je comprends, soupira Sylviane.

— Il y avait une autre enveloppe dans la poche de la robe, dit Muriel.

— Une seconde lettre ? Ouvre-la, s'il te plaît.

L'enveloppe était timbrée, mais pas oblitérée. Muriel la décacheta. À l'intérieur se trouvait une simple feuille de cahier d'écolier et ces mots : « *Pardonne-moi, ma chère et tendre enfant. Rejoins-moi et nous nous occuperons de ta petite fille toutes les deux. Je t'aime.* »

Derrière l'enveloppe, une citation était ajoutée au stylo rouge : « *Quand on a rencontré une amie comme la mienne, on a atteint le bout de sa vie, le bout d'une impasse bienheureuse et fermée, où l'on se couche posée jusqu'à la mort*[18]. »

— Odette ne l'a pas envoyée, regretta Sylviane. Le poids des convenances sans doute. Elle en voulait

---

18. *Extrait de* Lettres à Missy, *de Colette.*

à Elvire de l'avoir trompée avec Ludwig. Si elle l'avait postée, Elvire ne se serait pas suicidée. Mon existence aurait été si différente !

— Elle n'en a peut-être pas eu le temps. Il était trop tard. La lettre d'Elvire se termine par *« Adieu, mon amour »*. On ne le saura jamais.

— Donne-moi les deux lettres, demanda Sylviane.

— Tu ne vas pas les jeter !

— Mais non !

— C'était leur secret à Odette et Elvire, dit Muriel. N'en parlons plus, ce sera le nôtre désormais. Cette affaire est bouclée, enfin. J'espère que les Delahaye écoperont d'une lourde peine pour l'ensemble de leur œuvre. Je suis soulagée que tu ne sois pour rien dans le meurtre de Kerizel et que ces salauds soient tout de même punis.

— Ben…

— Ben quoi, Sylviane ?

— Tu te rappelles, Muriel, tu m'avais demandé de te dire toute la vérité.

— Oui, je me rappelle. Et ?

— Je ne t'ai pas tout dit. J'ai menti aux gendarmes et à toi aussi.

— Ah, tu me fais peur… Raconte alors.

Les deux jeunes femmes s'assirent au bord du lit. La main de Sylviane frôla celle de son amie, comme par accident. Muriel ressentit le contact furtif pire qu'une brûlure. Elle se souleva et s'installa du bout des fesses un peu plus loin sur l'oreiller. Surprise, Sylviane hésita, plissa ses yeux noisette et, soulagée, se confia enfin :

— Mademoiselle Henriot projetait de s'attaquer à Kerizel ; c'est pour cela qu'elle lui avait envoyé la carte, comme elle l'avait fait pour Allainmat et Brigand avant de les éliminer…

— Je croyais que c'était toi le corbeau pour Kerizel…

— Non, je n'ai rien envoyé, ni à lui, ni aux autres…

— Pourquoi as-tu avoué à l'adjudant-chef que tu les avais expédiées ?

— J'aurais dit n'importe quoi pour qu'il me laisse enfin tranquille. Le jeudi, mademoiselle Henriot a bien réussi à poser le courrier dans la boîte à lettres de Kerizel. Mais en revenant, rappelle-toi, elle est tombée en bas de la rue des Galeries. Il lui était impossible de finaliser sa vengeance. Elle a eu l'intention de le faire, certainement, mais n'a pas eu la force d'aller au bout…

— Oui, dit Muriel, je me rappelle des paroles de l'infirmière : des gens ont relevé mademoiselle Henriot et l'ont ramenée chez elle…

— La veille du pardon, j'ai décidé d'aller trouver Kerizel moi-même. Je savais que tous les vendredis, il passait par là avant la répétition de la chorale pour se rendre à son Cercle. Je voulais qu'il réalise qu'il était démasqué et que j'étais décidée à ruiner sa carrière. C'était stupide et risqué, mais j'étais hors de moi, il fallait que je lui crache à la figure que j'étais la fille de la jeune femme que lui et ses complices avaient violée. Je n'avais pas l'intention de le tuer, non ; tu sais bien que je n'en suis pas capable, même si je hais cet homme…

— Quelquefois, on ne connaît pas ses meilleurs amis, murmura Muriel, comme pour elle-même. On croit les connaître, mais on se trompe…

— Cette nuit-là donc, continua Sylviane sans tenir compte de la remarque, je suis descendue en voiture, je me suis garée côte des Fontaines, à proximité du garde-corps en fer forgé et je l'ai attendu. Le tonnerre grondait ; des trombes d'eau, de grêle même, dégringolaient, on n'y voyait pas à un mètre. Il est arrivé, je me suis précipitée à l'extérieur du véhicule. J'ai lâché tout ce que j'avais sur le cœur. Furieux, il s'est rué sur moi et a hurlé : « C'était donc toi le corbeau, sale bâtarde ! Je savais bien que tu m'attendrais ici. Je t'imaginais plus costaud ! Tu croyais m'impressionner avec ton bout de papier ? Laisse-moi rire, tu voulais m'éliminer ? Et Allainmat et Brigand, qui les a assassinés ? Allez, crache ton venin ! »

D'une main, il m'étranglait, de l'autre tentait de sortir l'objet qu'il cachait sous son imperméable.

— Le Sten ?

— Oui. À ce moment-là je ne le savais pas, sinon je ne me serais pas risquée à l'approcher. Je me suis dégagée, surpris il a trébuché, est tombé en arrière, sa tête a heurté le bord du trottoir. Il s'est relevé ; il saignait, il était bien sonné. Il m'a longuement fixée de ses yeux vides et sales comme s'il voyait un fantôme, a vacillé, puis s'est raccroché au garde-corps.

— Il était mort ?

— Non, il respirait encore. Enfin, je crois.

— Et après, tu l'as poussé ?

— Non, j'ai eu peur, j'ai cru entendre quelqu'un arriver, j'ai couru vers ma voiture et je me suis enfuie sans me retourner. J'ai roulé le plus vite possible jusqu'à la maison, j'ai couru jusqu'à l'entrée, je me suis enfermée à double tour, je me suis écroulée sur le paillasson, j'ai pleuré et… j'ai vomi.

— Tu ne l'as pas tué alors…

— Je ne sais pas, soupira Sylviane. Il était quand même mal en point.

— Delahaye a fini le travail.

— Peut-être. Mais indirectement, oui, je l'ai tué et je ne regrette rien. Si je ne l'avais pas poussé, il ne se serait pas fracassé la tête sur le trottoir. S'il n'avait pas été sonné par la chute, il se serait défendu bien sûr. Étant donné leur différence de gabarit, Kerizel aurait eu facilement le dessus sur le fleuriste et n'aurait pas basculé par-dessus le parapet. Si…

— Et si et si et si ! C'est tout ?

— Oui. Pour Delahaye et Ernault, c'est également mademoiselle Henriot qui a envoyé ces courriers, enfin cette fois-là, elle a demandé à une infirmière de les poster. Son projet n'était pas d'éliminer ces hommes – elle n'en était plus capable –, elle voulait juste que les bourreaux de ma mère, ceux qui l'avaient tondue et y avaient pris plaisir, aient peur. Ça a marché, ils ont vraiment eu peur, mais elle n'avait pas imaginé que Marguerite Delahaye irait jusqu'à nous agresser. Bon, tout cela a assez duré, je vais aller me dénoncer. Je regrette d'avoir menti aux gendarmes, mais je regrette encore plus de t'avoir menti à toi.

— Non, ne te dénonce pas. Crois-moi, cela ne changerait rien ! assura Muriel. De toute façon, l'enquête conclura à un accident. C'est une future gendarme qui te dit ça, je m'en étonne moi-même. Laisse ces pourritures se présenter devant les juges. Elvire sera vengée, pour de bon, jusqu'au bout. Tu as caché la vérité, mais tu n'as pas menti, enfin seulement par omission. Je t'admire : de nous deux la plus forte n'est pas celle qu'on pense. Je crève de ne pas avoir éliminé ces monstres de ma propre main. Merci de m'avoir fait confiance, je ne te trahirai pas.

— Merci, Muriel.

Dans un élan d'émotion, Sylviane ouvrit les bras, éclata en sanglots et enlaça son amie. Muriel se laissa faire puis, confuse et troublée plus que de raison, se dégagea de l'étreinte.

— Sortons.

Quand elles se levèrent, un objet dissimulé sous les draps roula sous le lit. Sylviane se pencha pour le ramasser et le présenta à la lumière. Apparut alors un collier de perles blanches semblable à celui de sa mère, qu'elle glissa délicatement dans sa poche.

Avant de partir, en un frisson, Muriel attrapa le livre *Lettres à Missy* de Colette posé comme une évidence sur la table de chevet, et le cacha dans son blouson.

Épilogue

Le couple Delahaye fut condamné à des peines que Muriel estima bien clémentes. Daniel Delahaye accusé de « violences ayant entraîné la mort sans intention de la donner » s'en tira avec cinq ans avec sursis. Son épouse écopa d'un an avec sursis pour l'agression de Sylviane et Muriel. Les deux jeunes femmes ne firent pas appel. Un irrépressible besoin de retour à une existence normale s'imposait à elles.

Au grand soulagement de tous, les fleuristes vendirent leur demeure et son magnifique jardin et déménagèrent loin de Pontrieux. Marguerite reprit vite son ascendant sur son Daniel. Le cercle « La Tour d'Auvergne » fut dissous. La dépendance des Allainmat connut une nouvelle vie : les femmes s'y retrouvèrent tous les vendredis pour coudre, tricoter, s'amuser à des jeux de société, cuisiner, discuter et… échanger sur leurs maris respectifs. Enfin, pour celles qui en avaient encore un.

Émile Ernault ne fut pas inquiété pour ses agissements pendant la guerre, non répréhensibles au regard de la loi de l'époque. Mais les gendarmes changèrent de « cantine ».

Les obsèques et la crémation d'Odette Henriot se déroulèrent à la va-vite, dans la plus stricte intimité. Sylviane et Muriel y assistèrent. Aucun discours ne fut prononcé. Beaucoup de Pontriviens la pleurèrent, sans oser l'avouer.

Regrettable hasard, une autre cérémonie avait lieu le même jour, une heure plus tard, presque à huis clos : le procureur avait accordé le permis d'inhumer de Charles Carré-Kerizel. L'épouse du défunt ne s'était pas risquée à organiser de messe à l'église. Les deux maigres cortèges se croisèrent au funérarium. Au passage du cercueil, Sylviane serra les dents et Muriel cracha ostensiblement par terre. Bonaventure Lagadec, en sa qualité de fossoyeur, fut chargé de préparer le caveau familial des Carré-Kerizel à recevoir l'auguste dépouille. Il s'acquitta de sa tâche avec un savoir-faire certain et une certaine satisfaction.

Sylviane tint parole et récupéra l'urne funéraire. Le soir même, dans le plus grand secret, au fond du cimetière désert, elle l'ouvrit et, en un envol grisâtre, dispersa les cendres sur la modeste tombe de sa mère. Sous la terre, elle enfouit une boîte en fer contenant les deux colliers de perles blanches enlacés et les deux lettres glissées dans une des enveloppes roses, mais, en souvenir, garda précieusement la mèche de cheveux blonds de sa mère dans son écrin. Elle fit tailler une croix en marbre et graver l'inscription « *En mémoire d'Elvire Touzé, ma mère* ».

Un jour peut-être, elle y ajouterait le prénom de sa compagne, Odette.

Sylviane ne fut pas inquiétée pour son implication dans la mort de Charles Carré-Kerizel. Muriel garda le secret. L'adjudant-chef avait compris, mais il se tut.

Muriel ne resta pas à Pontrieux. En attendant que les femmes soient autorisées à devenir gendarmes, elle rejoignit une nouvelle affectation. Le chef Dupuy tenta en vain de la retenir. Une fois partie, elle demanda à modifier son patronyme à l'état civil : elle s'appellerait désormais Muriel Le Gall-Jacob. Elle passa son permis moto, mais n'épousa pas de barbu.

Les deux amies d'enfance jurèrent de se retrouver bientôt. Sur le quai de la gare de Pontrieux, l'au revoir avait cependant, malgré elles, un léger avant-goût d'adieu.

Eu égard aux événements des dernières semaines, le musée de la cartonnerie ne vit jamais le jour. Sylviane s'installa pour de bon dans la maison de ses grands-parents et, grâce à quelques transformations, la fit sienne. Elle rompit définitivement avec Rémi – le mitron ne resta pas longtemps célibataire –, et retrouva du travail au pays. La mairie l'embaucha.

Sa mission : développer le côté attractif de Pontrieux. Un coin véritablement… trois fois délicieux.

FIN

Inscrivez-vous gratuitement,
et sans aucun engagement de votre part,
à notre bulletin d'information
en nous retournant le coupon ci-contre.

Vous serez averti(e) des parutions en exclusivité,
pourrez bénéficier d'offres spéciales,
de cadeaux, etc.

Chaque nouvel inscrit recevra
une petite surprise…

Rejoignez-nous vite !

Et n'hésitez pas à proposer l'inscription
à vos parents et amis…

Je désire m'abonner gratuitement au bulletin
d'information des Éditions du Palémon :
je serai averti(e) des parutions de Claire Connan et autres ouvrages, ainsi que de l'actualité et des offres Palémon.

Nom ....

Prénom ....

Adresse ....

....

Code Postal .... Ville ....

Pour encore plus d'offres et d'infos,
indiquez votre adresse e-mail :

E-mail ....@...................

Bon à compléter ou à recopier
et à retourner par courrier à l'adresse suivante :

ÉDITIONS DU PALÉMON
ZI de Kernevez
11B rue Röntgen
29000 QUIMPER

Vos données sont collectées par les éditions du Palémon afin de vous inscrire à notre lettre d'information. Le recueil des données est facultatif et limité à ce qui est strictement nécessaire pour vous faire parvenir notre catalogue et/ou notre newsletter. Vous pouvez à tout moment accéder à vos données, les rectifier, demander leur suppression ou la limitation de leur traitement. En cas de question, vous pouvez nous contacter au 02 98 94 62 44 ou sur **contact@palemon.fr**.

❒ Je consens à l'utilisation de mes données

❒ Je souhaite m'inscrire à la newsletter

CC01

Retrouvez l'ouvrage de Claire Connan
et tous les titres des Éditions du Palémon sur :

www.palemon.fr

ÉDITIONS DU PALÉMON
ZI de Kernevez - 11B rue Röntgen
29000 QUIMPER
02 98 94 62 44
Dépôt légal 3e trimestre 2021

ISBN : 978-2-372606-20-2

Achevé d'imprimer en novembre 2021
sur les presses de la **N**ouvelle **I**mprimerie **L**aballery
58500 Clamecy
Numéro d'impression : 111030 - 2e tirage

Imprimé en France

La Nouvelle Imprimerie Laballery est titulaire de la marque IMPRIM'VERT®